LES DÉLICES

DE

LA LECTURE.

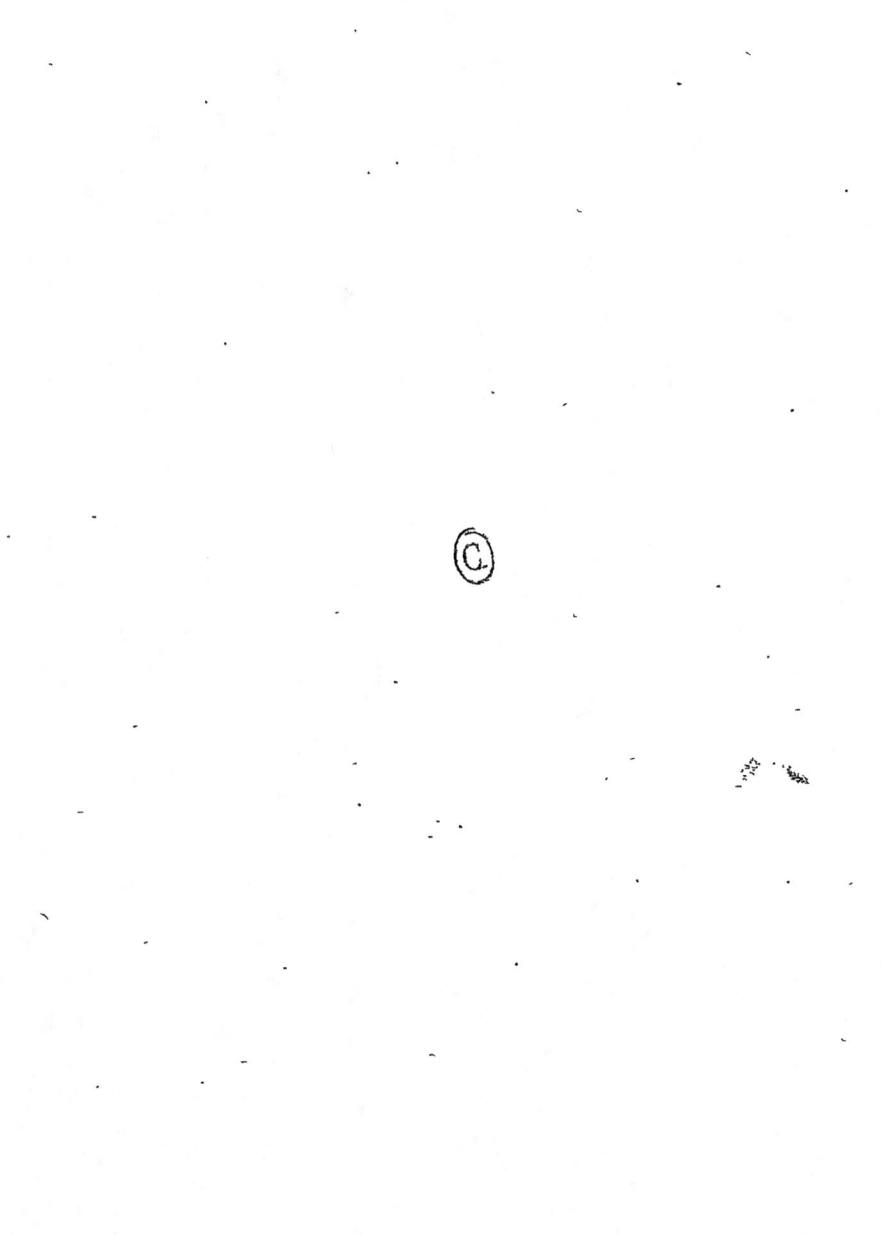

Le Départ du petit Auvergnat.

LES DÉLICES

DE

LA LECTURE

PAR

ORTAIRE FOURNIER , LÉON GUÉRIN ,

EUGÉNIE FOA, AUGUSTE AUVIAL, T. CASTELLAN, L. MICHELANT.

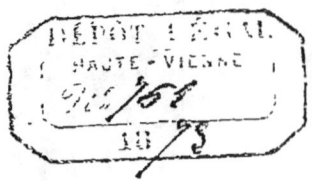

LIMOGES

F. F. ARDANT FRÈRES,
Avenue du Midi, 7.

PARIS

F. F. ARDANT FRÈRES,
Quai du Marché-Neuf, 4.

LE PETIT AUVERGNAT

Eh bien! oui, Charlotte, je te dis, moi, qu'on peut fort bien de pauvre devenir riche.

— Tu crois ça, petit frère?

— Parbleu, si je le crois! Vois M. Bonnemain, dont le château s'élève là-bas sur la colline. Ce n'était qu'un tout petit paysan comme moi; ma grand'-mère m'a raconté bien des fois son histoire. C'est drôle. Tiens, si tu veux, je vais te la dire pendant que tu donneras à manger à tes poules.

Charlotte applaudit à l'idée de son frère qui, s'asseyant sur un banc, mettant la main dans ses poches comme pour voir si dame Fortune n'y était pas déjà logée, prit la parole en ces termes :

— Mes enfants (c'est ainsi que commence toujours ma grand'mère); mais, comme tu es là toute seule, toi, je dirai donc tout simplement : Charlotte, il faut toujours aimer Dieu, le prier de nous accorder ses saintes bénédictions, ne jamais nous écarter des principes d'honneur et de probité, suivre en tout les inspirations de notre conscience, ce juge infaillible, ajoute ma grand'mère, qui nous condamne lorsque nous faisons mal, qui nous approuve lorsque nous faisons bien. De cette façon, le ciel nous protége et l'on est toujours sûr de réussir. Vois plutôt M. Bonnemain.

Quand M. Bonnemain était un tout petit garçon, il demeurait bien loin, bien loin, là-bas, dans l'Auvergne. Son père et sa mère étaient bien pauvres; en revanche, ils avaient beaucoup d'enfants; Auguste, c'est le nom de M. Bonnemain, était l'aîné. Il n'avait pas encore douze ans quand son père lui fit cadeau d'une vielle, lui mit un écu dans la main et lui dit :

— Mon garçon, va-t'en à Paris, la grande ville; sois honnête et laborieux, ménage l'argent que tu gagneras, et tu reviendras nous voir riche. Tu pourras alors soulager notre misère; mais surtout ne mendie jamais.

Auguste partit, les yeux gros de larmes et non sans tourner bien des fois la tête en arrière, comme pour adresser un dernier adieu à la chaumière qui l'avait vu naître et qu'il ne devait pas revoir de longtemps.

— Tiens, Charlotte, c'est absolument comme si papa me mettait un écu dans la main en me disant : — Va-t'en à Paris, et reviens riche. Ma foi, je serais bien embarrassé; il me semble que d'abord j'imiterais Auguste, que je pleurerais comme lui en songeant à mes bons parents que je serais forcé de quitter, et à toi, ma Charlotte, que j'aime tant, bien que nous ne soyons pas souvent d'accord.

— Méchant! répliqua Charlotte en souriant.

— Enfin, pour en revenir à Auguste, voilà le petit Auvergnat tout seul et la larme à l'œil sur la grande route.

Le premier personnage qu'il rencontra fut un voiturier qui lui demanda où il allait.

— A Paris, répliqua Auguste.

— Tu as encore du chemin à faire, mon petit ami; si tu veux monter dans ma voiture, cela ménagera tes jambes.

Auguste ne se fit pas répéter la proposition. D'un bond il fut à côté du voiturier qui, content de sa gentillesse et de ses reparties, lui fit partager son repas lorsqu'il s'arrêta à l'auberge qui lui servait de relais. Il lui permit en outre de continuer sa route avec lui jusqu'à Moulins. Pendant tout ce temps, le petit Auvergnat, grâce à son protecteur, n'eut pas besoin d'entamer son écu; bien au contraire, il augmenta son petit pécule, car, lorsque le voiturier faisait une halte dans quelque auberge ou cabaret, vite Auguste prenait sa vielle, et, chantant une chansonnette de son pays, dansant une bourrée, ne manquait pas d'exciter la bonne humeur des voyageurs ou des buveurs, qui d'ordinaire le gratifiaient de quelques gros sous. Je dois te dire, Charlotte, qu'à chacune de ces aubaines Auguste remerciait Dieu, qu'il ne manquait jamais de prier matin et soir pour lui et ses bons parents. Lorsqu'il fallut quitter le voiturier, Auguste lui fit de touchants adieux. Ce dernier, enchanté de sa reconnaissance, lui donna une foule de bons conseils, une pièce de vingt sous que l'enfant ne voulait pas accepter, et un petit bissac contenant des provisions.

— C'était tout de même un bien brave homme que ce voiturier, fit observer Charlotte.

— Sans compter qu'il en a été bien récompensé par le bon Dieu. Tu verras plus tard ; mais ne m'interromps plus, petite sœur. Quand Auguste fut arrivé à Paris (il faut croire que c'est une bien grande ville, Charlotte, car ma grand'mère m'a dit que dans les commencements il s'égarait souvent à travers les rues), il s'en alla tout droit sur une grande place, qu'on appelle la place Vendôme, et là il se mit à jouer de la vielle. Il paraît qu'il y avait là une foule de petits garçons et de petites filles qui firent cercle autour de lui en battant des mains. Tout à coup un cabriolet accourt avec la rapidité de la foudre, il va renverser une petite fille qui s'est un peu écartée du cercle ; Auguste voit le danger, il s'élance vers l'enfant, la saisit par le bras et l'attire à lui ; mais il est atteint lui-même et jeté avec violence contre terre. Sa vielle en fut brisée. Juge de son désespoir, car cet accident, s'il n'était réparé, pouvait lui enlever son seul gagne-pain. Il se releva tout meurtri, mais il n'avait heureusement aucune blessure grave. Plusieurs personnes étant accourues avaient arrêté le cabriolet. Celui qui le conduisait était un jeune dandy qui, craignant sans doute la colère de la foule, plutôt que mû par un sentiment de justice, tira dédaigneusement deux louis de sa bourse, les jeta sur le pavé, et fouettant son cheval redevenu libre, disparut. Avec ces deux louis, Auguste aurait pu acheter, s'il l'avait voulu, une vielle toute neuve ; mais il préféra les employer à se créer une industrie. Il acheta quelques menus objets de mince valeur, des jouets d'enfants, de la bimbeloterie, etc., et plaça le tout sur une sorte de petite voiture qu'il loua à raison de cinq sous par jour. Il parcourut ainsi les rues de Paris en offrant sa marchandise. A mesure que les objets partaient, il en rachetait

d'autres ; il augmenta ainsi peu à peu son fonds de commerce ;
il fit l'acquisition d'une voiture plus grande ; bref, ses bénéfices croissant en raison de l'extension de son industrie, il en
vint, au bout de quatre ou cinq ans, à pouvoir louer une boutique.

Cependant Auguste n'oubliait pas sa famille. A la fin de
chaque année il faisait parvenir à ses parents une petite
somme destinée à leur rendre moins pesant le fardeau de l'indigence.

Grâce à son activité et surtout aussi à sa probité, il ne tarda
pas à acquérir une certaine aisance. Sa boutique s'agrandit,
ses relations s'accrurent. Il obtint du crédit. Bref, le petit Auvergnat devint un riche négociant. Mais le ciel avait résolu de
l'éprouver. M. Bonnemain, car désormais nous ne l'appelle-
rons plus Auguste, M. Bonnemain était honnête, partant il
était confiant : il fit de longs crédits. Il avait placé de fortes
sommes chez un banquier ; plusieurs factures ne furent pas
soldées, son banquier fit banqueroute, lui-même fut obligé de
suspendre ses paiements, il était ruiné. Pense donc, Charlotte,
combien il dut souffrir, lui si probe, lorsque, son inventaire
fait, il en résulta qu'en abandonnant tout ce qu'il possédait il
ne pourrait même pas payer tous ses créanciers. Il fut quelque temps accablé par ce coup affreux. Cependant, comme dit
ma grand'mère, il releva la tête, il descendit au fond de sa
conscience et, voyant qu'il n'avait rien à se reprocher, il résolut d'employer tout ce qu'il lui restait encore d'énergie pour
conjurer l'orage. Il assembla ses créanciers, leur exposa la situation de ses affaires, leur dit qu'il ne se réservait rien pour
lui, mais qu'il les priait, s'ils avaient encore quelque confiance en lui, de lui laisser entre les mains, à titre de prêt,
une somme de cinq mille francs, leur déclarant qu'avec cette

somme il se faisait fort de pouvoir les solder intégralement dans un délai de huit années. Sa demande lui fut accordée. M. Bonnemain quitta Paris. Que devint-il? On l'ignora longtemps.

Cependant, une industrie qui ne s'était point révélée encore envahit tout à coup les carrefours les plus fréquentés de la capitale. C'étaient des marchands de marrons qui, placés à l'encoignure des rues, à la porte des marchands de vin, et ayant chacun un fourneau, les vendaient tout cuits aux passants qui voulaient bien en acheter. Ils avaient des mesures pour toutes les bourses. Ils en donnaient pour un sou, pour deux sous, pour trois sous, etc.

Cette invention parut plaisante. Elle eut la vogue, chaque passant voulait acheter des marrons. Or, tous ces marchands n'étaient point établis à leur compte; ce n'étaient, pour ainsi dire, que des commis placés chacun à leur poste par un directeur commun, qui leur fournissait tous les objets nécessaires à ce singulier négoce. Chaque jour ils devaient rendre leurs comptes; leurs appointements se composaient d'une remise de tant pour cent sur le produit net de la vente. Ce directeur, vêtu en Auvergnat, exerçait une surveillance de tous les instants. On le voyait faisant continuellement sa ronde, explorant tous les quartiers et établissant de nouveaux postes dans les endroits qu'il jugeait les plus favorables à son industrie. Quand la saison des marrons fut passée, marchands et directeur disparurent comme par enchantement; mais l'année suivante, aux premières approches de l'hiver, ils revinrent. Il paraît que la spéculation avait été bonne. Tous ces marchands étaient des Auvergnats; leur directeur, comme je te l'ai déjà dit, n'avait rien quant au costume qui le distinguât d'eux; il leur parlait en patois. Langage, habit, manières, tout en lui annonçait un paysan. Pendant huit années, il parut toujours le même homme; sa mise était la même, son genre de vie le même; aussi disait-on communément : — Le marchand de marrons ne fait pas, à ce qu'il paraît, de bien brillantes affaires.

Cependant, à la fin de la huitième année, il réunit tous ses commis, et l'on apprit bientôt qu'il avait fait cadeau à chacun d'eux de tous les objets qu'il se trouvait avoir en sa possession à titre de prêt, et qu'ainsi chacun pourrait exercer désormais cette industrie à son compte; que, pour lui, content des bénéfices qu'il avait réalisés, il se retirait. Quelques jours après, l'on apprit encore que le directeur des marchands de marrons avait fait l'acquisition d'un hôtel superbe dans un des plus beaux quartiers de Paris. Or, ma chère Charlotte, ce marchand de marrons, c'était tout simplement M. Bonnemain.

Tu penses bien que son premier soin fut de convoquer ses créanciers à qui il paya tout ce qu'il devait, capital et intérêts. Ensuite il leur dit : — Messieurs, je vous remercie des cinq mille francs que vous m'avez prêtés; vous le voyez, Dieu aidant, je les ai fait fructifier. Ils m'ont fourni les moyens de réaliser un plan que j'avais conçu, que j'ai exécuté sous vos yeux sans que vous pussiez soupçonner que c'était moi qui dirigeais l'entreprise. C'est moi qui ai le premier fait vendre dans tous les coins de Paris des marrons grillés; et cela, Messieurs, en huit années, m'a rapporté des bénéfices tels que j'ai pu m'acquitter intégralement avec vous, et qu'aujourd'hui je me trouve encore à la tête d'une fortune de plus de deux millions.

C'est avec ces deux millions, qu'outre l'hôtel dont je t'ai parlé, M. Bonnemain a acheté le château que tu vois là-bas avec ses dépendances, et dans lequel il vient passer chaque

année la belle saison. Riche, il n'a pas oublié sa famille;
il a fait venir auprès de lui son père et sa mère qui sont bien
vieux, et a établi avantageusement ses frères et sœurs; il n'est
pas jusqu'au voiturier qui l'avait amené dans sa charrette
jusqu'à Moulins dont il ne se soit souvenu. Il en a fait un
bon fermier. Et maintenant, Charlotte, tu vois bien qu'avec de
l'activité, de la probité, et l'aide de Dieu, on peut de pauvre
devenir riche

ORTAIRE FOURNIER.

Ma sœur épouvantée agita son mouchoir du côté du navire.

(Les enfants du naufrage)

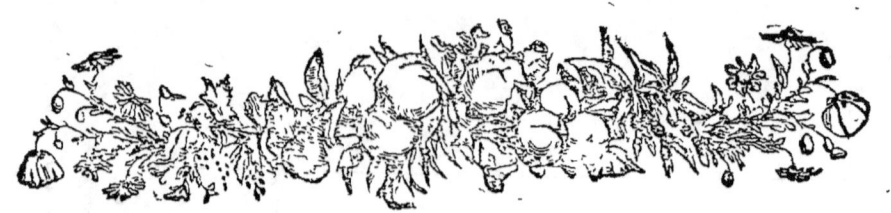

LES ENFANTS DU NAUFRAGÉ

Sur les bords de la Seine, à Rouen, se promenait silencieux et enveloppé dans un vaste manteau, un personnage dont toutes les manières encore plus que le costume annonçaient la distinction; il avait les yeux fixés sur une barque vers laquelle un jeune pêcheur d'une figure intéressante ramenait péniblement des filets. Résolu d'être utile à ce jeune homme s'il avait les qualités que faisait supposer son heureuse physionomie, il attendit qu'il fût sorti de sa barque; et quand vint le soir, il prit le parti de l'accompagner, en se tenant à une certaine distance en arrière, jusqu'à sa demeure. Il n'en fut pas remarqué ; lorsque le jeune homme entra, le personnage au manteau demeura aux aguets autour de la cabane dont la porte était demeurée ouverte; il put entendre un moment ce dont on y parlait.

— Assieds-toi ici, près de moi et de ta sœur, mon pauvre Pierre, disait une vieille femme ; assieds-toi, ton front est tout en nage ! O merci, merci, mon fils ! Dieu ne peut manquer de bénir tôt ou tard l'enfant qui travaille ainsi pour sa famille ; mais je ne veux pas que tu te fatigues à ce point ; il faut te ménager des forces pour l'avenir. — Pauvre mère ! pauvre sœur ! répondait le jeune homme, ce n'est pas la vigueur qui me manque quand il s'agit de vous. — Tu es triste, plus triste que d'ordinaire, dirent ensemble la mère et la fille... la pêche a-t-elle été heureuse aujourd'hui? — Moins que de coutume, répondit-il. — Moins heureuse, et pourquoi donc ? demanda la vieille femme ; il me semblait que le ciel et l'onde avaient été propices. — C'est vrai, répondit Pierre ; mais depuis quelques jours j'ai quelque chose ici et là (il montrait à la fois sa tête et son cœur), quelque chose qui me préoccupe, qui me dit, ma mère, que pour vous, pour ma sœur et pour moi, l'heure approche où je dois me créer un sort moins misérable et moins précaire. — Pas d'ambition, mon fils. — Oh ! non, non, ma mère, pas d'ambition telle que vous la craignez pour moi, pas de cette ambition qui n'élève à la fortune qu'en sacrifiant la probité, la justice et l'honneur, mais un désir bien naturel de vous rétablir dans la position que vous occupiez autrefois et que vous n'auriez jamais dû perdre ; une volonté sainte et profonde de laisser intacte et pure la mémoire de mon père, en acquittant les dettes qui lui ont été imposées par l'adversité ; voilà ce qui, depuis quelques jours, me tient des heures entières immobile auprès de mes filets.

Le crépuscule du soir avait déjà fait place à une obscurité complète, que cet échange de paroles touchantes durait encore. Un feu de bois sec, auquel cuisaient quelques légumes destinés au repas de la veillée, répandait autour de l'âtre une demi-clarté qui dessinait vaguement sur les murs l'ombre des objets voisins.

En ce moment, la silhouette d'un homme enveloppé d'un manteau s'esquissa sur la muraille. Pierre fit un mouvement comme s'il allait se lever de son siége; l'ombre disparut. — Avez-vous vu cette ombre? demanda Pierre à sa mère et à sa sœur, en poussant quoique sans effroi la porte de sa demeure. — Nous n'avons rien vu, lui répondirent-elles. — Vous savez, reprit-il, que je ne suis pas superstitieux ; eh bien ! j'ai néanmoins le pressentiment qu'à cette heure il se passe pour moi des choses d'où dépend le sort de ma vie. Il me semble que cette ombre est celle de mon père qui revient pour me dire que l'honneur de sa mémoire m'est confié tout entier, à moi son fils.

Le sommeil du jeune homme fut agité, et plus d'une fois, durant cette nuit, la mémoire de son père, l'avenir de sa famille, entrecoupèrent son rêve de soupirs et de pleurs.

A la pointe du jour, il se dirigea vers sa barque amarrée au rivage ; il crut y apercevoir debout une forme humaine, la même à peu près que cette ombre qui s'était esquissée le soir sur la muraille. Il s'arrêta frappé de cette ressemblance ; puis il raisonna et se persuada que ce pouvait être un effet de son imagination. Il fit quelques pas de plus et reconnut pourtant que ce n'était point une illusion ; un homme, les bras croisés sous un vaste manteau, se tenait sur la barque, immobile et plongeant du regard sur la côte, comme s'il attendait quelqu'un.

Quand il eut aperçu Pierre : — Que ma présence ne vous empêche pas de prendre votre place dans cette barque, mon ami, dit l'inconnu d'une voix qui unissait à la dignité une expression pleine de bienveillance. Cette voix rassura quelque peu Pierre, qui demeurait indécis et attaché à la rive. Puis son courage reprenant entièrement le dessus : — Après tout, dit-il à l'inconnu, je ne crois pas aux revenants, et assurément vous n'en êtes pas un. — Non, sans doute, mon ami, reprit le personnage à qui cette réflexion subite de Pierre fit venir un sourire sur les lèvres. — Cependant, cette ombre, reprit Pierre, qui est apparue hier soir dans notre cabane, et qui était comme vous vêtue d'un manteau ? — Raison de plus, si elle était vêtue comme moi d'un manteau, pour que ce soit une réalité. Tenez, mon ami, je ne veux pas vous tenir plus longtemps en suspens, ajouta-t-il ; je vous dirai quelle est cette ombre. Mais d'abord, combien vous rapporte d'ordinaire une bonne journée de pêche ? vingt-quatre livres, je suppose. — Vingt-quatre livres ! c'est dix fois plus que je n'ai l'habitude de gagner, dit Pierre hésitant à recevoir une si forte somme. — Allons, mon ami, ne faites pas difficulté d'accepter, continua l'homme au manteau en glissant la pièce d'or dans la main du pêcheur.

Pierre tourna ses regards vers la cabane où sa mère reposait encore, et, plaçant la pièce d'or sur son cœur : — Oh ! merci, Monsieur, s'écria-t-il avec effusion, j'accepte pour celle qui m'a donné le jour. Ce présent servira à rendre moins dur le lit de ma vieille mère.

Des larmes d'attendrissement gagnaient déjà les yeux de l'inconnu. — Mon ami, dit-il, je désirerais m'avancer un peu sur la rivière ; conduisez-moi.

La barque avait pris le large ; l'étranger, après avoir déclaré au jeune pêcheur que l'ombre qu'il avait remarquée la veille sur la muraille de sa cabane était bien la sienne, l'interrogea sur sa position présente et passée. — Vous n'avez plus de père, mon ami? —Hélas! non, Monsieur, et cette perte a changé tout mon avenir.

—Il ne faut jamais désespérer du ciel, continua l'étranger, il est fécond en ressources. Votre père avait donc connu l'aisance? — La richesse, Monsieur, répondit Pierre; il équipait des navires au Havre-de-Grâce et faisait à ses frais le commerce avec l'Amérique. Vinrent des jours et des nuits terribles où les vents et les mers furent contraires à ses entreprises. Ses navires périrent corps et biens. Alors il rassembla ses dernières ressources, et, sur le bâtiment d'un autre, avec une faible pacotille, il partit lui-même pour l'Amérique, afin de tenter un dernier effort. Il nous quitta en nous baignant de larmes et promettant de revenir dans un an. Pendant son absence, ma mère fut réduite à travailler pour nous faire vivre, ma sœur et moi; mais l'espérance de revoir dans peu celui qu'elle attendait suffisait pour soutenir son courage. Un jour, ah! Monsieur, comment vous raconter cela! nous étions, ma sœur et moi, aux bords de la mer, cherchant à l'horizon lointain si nous n'apercevrions pas la voile qui devait nous ramener notre père, et déjà, dans notre pressentiment filial, nous croyions la distinguer dans chacune de celles qui voguaient vers le Havre. Tout à coup, une affreuse tempête vint à s'élever, les flots amoncelés battaient avec fracas de leur écume les rochers et la plage; de toutes parts, des navires que l'on avait vus voguer tout à l'heure paisiblement tiraient le canon de détresse; l'un d'eux, celui qui était le plus rapproché du port, semblait prêt à s'abîmer sous des vagues qui, de leur sommet, le rejetaient dans un gouffre effrayant. Comme par un mouvement instinctif, ma sœur épouvantée agit on mouchoir du côté du navire en détresse, tandis que moi, les pieds baignés par l'onde furieuse et prête à m'entraîner, j'étais tombé aux pieds de ma sœur, mêlant mon cri de désespoir à celui de sa terreur. Hélas ! Monsieur, notre pressentiment ne nous avait point trompés. Du navire qui faisait le sujet de notre effroi, s'échappa un long cri d'horreur, suivi presque aussitôt d'un profond silence; il avait disparu sous les flots. Deux matelots seulement, qui parvinrent, après mille efforts, à sauver leurs jours, apportèrent le lendemain à notre mère l'affreuse nouvelle que notre père était sur le bâtiment naufragé et avait péri, si près du port, avec tout l'équipage. Ma mère, dont six années de deuil n'ont point calmé la douleur, mais qui eut la force de se conserver pour sa jeune famille, quitta le Havre et vint fixer sa misère aux environs de Rouen. Elle nous fit vivre comme elle put et tant qu'elle put du travail de ses mains; mais ses forces commençaient à défaillir; ce fut alors que ma sœur et moi nous nous dîmes que nous étions assez grands et que c'était à notre tour de travailler pour notre mère. Je convins de me charger de tous les travaux du dehors, tandis que ma sœur s'occuperait des travaux du dedans. Nous courûmes faire part de nos plans à notre mère; elle les adopta, et nous louâmes cette cabane d'un vieux pêcheur qui se retirait, et qui nous céda sa barque ainsi que ses filets. Avec le temps, nous avons payé tout cela; je travaille et nous vivons, quoique bien misérablement sans doute, surtout quand je songe à ce qu'a été ma mère et à ce qu'aurait pu être ma sœur.

— Vous avez fait pour elles au-delà de votre âge et de vos forces, mon enfant. — Il me manque quelque chose encore, Monsieur : c'est de trouver les moyens de rendre enfin aux vieux jours de ma mère, et de donner à la jeunesse de ma sœur, non pas la fortune, mais au moins le bien-être. —C'est une noble ambition. Me direz-vous au moins ce que vous prétendez faire pour atteindre le but que vous vous proposez? — Oh ! mon Dieu, Monsieur, redoubler de travail; s'il est possible, élargir mon petit commerce; et puis, comme vous disiez tout à l'heure, le ciel est fécond en ressources, repartit Pierre. — Allons, mon ami, mes affaires me rappellent au rivage, dit alors l'inconnu; regagnons le port.

En sortant de la barque, l'étranger serra affectueusement la main du jeune homme en signe d'adieu, et il disparut comme un éclair.

Avant d'aller annoncer à sa mère son heureuse matinée, Pierre rentra un instant dans sa barque pour examiner les réparations qu'il aurait à faire à ses filets. Mais quelle ne fut pas sa surprise, lorsqu'en les soulevant il aperçut à ses pieds une bourse qui renfermait plus de deux mille francs en or ! Sa première pensée fut de croire que c'était un oubli de l'inconnu, et, courant sur-le-champ après lui, il l'aperçut qui causait au milieu d'un groupe d'étrangers. — Monsieur, lui dit Pierre, voici une bourse que vous avez oubliée tout à l'heure dans ma barque. — C'est une erreur, je n'ai rien oublié dans votre barque; mais cette bourse fût-elle à moi, mon ami, je vous dirais de la garder pour prix de votre probité !

— Mais au moins, Monsieur, vous me direz votre nom, afin que je sache quel est mon bienfaiteur. Pour toute réponse, l'homme à qui il s'adressait se dégagea de la foule en détachant l'agrafe de son manteau qui tomba dans les mains du pauvre Pierre de plus en plus surpris. Le pêcheur se décida enfin à retourner au logis.

Pierre fit deux parts égales de son trésor. — Avec cette part, dit-il à sa mère, vous serez moins malheureuse; avec cette autre, je ferai mes efforts pour relever l'honneur de la mémoire de mon père. J'élèverai dans la ville un petit commerce en rapport avec mes ressources; et, si Dieu me prête appui, la prospérité qui nous arrive aujourd'hui ne nous abandonnera pas.

Pierre fit ainsi qu'il l'avait annoncé. Son commerce, étroit d'abord, s'agrandit en peu d'années, et la persévérance, unie à un ordre parfait, donna bientôt au jeune homme les moyens d'acquitter les dettes de son père, d'assurer une honnête aisance à sa mère et de marier honorablement sa sœur.

LÉON GUÉRIN.

LA CAISSE A CHAPEAUX

I.

LA VEILLE DU DÉPART.

Maman, vous me cachez quelque chose, disait, un soir du mois d'août 1838, un enfant de neuf ans environ à une jeune femme qui tenait encore le cordon de sonnette qu'elle venait d'agiter. —

Quel enfantillage ! dit la jeune femme déguisant en vain l'émotion que ces paroles avaient fait naître sur son visage. — Thibaud, ajouta-t-elle s'adressant à un domestique qui entrait, allez coucher M. Auguste... Va te coucher, mon fils, dit-elle à l'enfant. — Allons, va te coucher, mon neveu, répéta avec une impatience pleine de brusquerie un grand et gros homme qui frappait de sa canne par terre en parlant. — Oui, va te coucher, va te coucher, redisait Auguste, parce qu'alors vous et maman vous comploterez tous les deux ensemble; mais je ne suis plus un enfant, moi, et je vois bien qu'il y a un mystère dans la maison : depuis la lettre que nous avons reçue de mon papa, qui est à la Martinique, ce sont des cachoteries... des mystères... on fait des paquets, on fait des malles... Il y a tout plein de caisses qui doivent partir demain pour le Havre, adressées à M. de Saint-Céran, à la Martinique. — Ce sont des objets que j'envoie à ton père, Auguste, lui dit madame de Saint-Céran. — Depuis quand papa porte-t-il des robes et des collerettes?... demanda Auguste; et cette grande caisse à chapeaux qu'on ne doit fermer que demain au point du jour, c'est encore pour papa?... — Va te coucher, lui dit sa mère ne pouvant retenir une larme qui tomba sur le front de son enfant... et demain tu sauras tout... — Mais tu pleures... dit Auguste ému et surpris... — Va te coucher, reprit l'oncle, et demain, foi d'Édouard de Marillac, tu sauras tout.

Moitié inquiet, moitié décidé, Auguste embrassa sa mère, souhaita le bonsoir à son oncle et suivit Thibaud jusque dans la chambre où il couchait; mais, arrivé là, sa petite tête recommença à travailler... On voyait à chaque instant comme une idée surgir sur son front, éclairer d'un feu sombre le regard de ses grands yeux bleus, lui faire relever la tête et ouvrir la bouche probablement pour adresser des questions au domestique; puis, comme convaincu de l'inutilité de cette tentative, l'enfant retombait aussitôt dans une espèce de quiétude peu analogue à la vivacité de son caractère.

Sur ces entrefaites, Auguste s'était déshabillé, couché, et Thibaud avait emporté la lumière.

D'abord, Auguste avait bonne envie de dormir; il faut même avouer qu'il fit tout ce qu'il fallait pour cela; il ferma les yeux, se tourna sur le côté droit pour n'avoir aucun des cauchemars qui oppressent ceux qui se couchent sur la région du cœur; il essaya de ne pas penser, mais le tout inutilement; puis un mot qu'il avait surpris au dessert entre sa mère et son oncle lui revenait à tout moment à la mémoire... M. de Marillac, frère de madame de Saint-Céran, allait dire quelque chose, lorsqu'il fut prévenu par sa sœur, qui l'interrompit au milieu du premier mot par ceux-ci : — Chut! quand le petit n'y sera pas...

Le petit, c'était lui!

Enfin, son cerveau, sa tête, tout travaillait tant, que c'était comme s'il avait la fièvre; il ne pouvait rester en place : n'y tenant plus, il se leva. — Il faut que je sache ce qu'il en est, dit-il.

Puis il se dirigea en tâtonnant vers la porte de sa chambre, qu'il ouvrit.

Un grand silence régnait dans l'hôtel que madame de Saint-Céran habitait seule, et qui lui appartenait, rue d'Aguesseau, à Paris. Auguste, après avoir écouté et n'avoir rien entendu qui prouvât que quelques valets pouvaient se trouver sur son passage, traversa plusieurs pièces solitaires et sombres, qui suivaient la pièce où il couchait, et se trouva dans l'antichambre. Là, un obstacle qu'il n'avait pas prévu faillit l'arrêter dans sa course...

Thibaud et mademoiselle Colombe, la femme de chambre de sa mère, étaient tous les deux dans cette pièce; l'un écrivait sur un livre de dépenses, l'autre achevait un bonnet du matin pour sa maîtresse. Mais ce qui étonna d'abord Auguste, qui, à leur vue, s'était rejeté en arrière, c'est que ni l'un ni l'autre ne faisaient aucun mouvement; il ne fallut qu'un peu d'attention à Auguste pour s'apercevoir que ces gens-là dormaient, ce qui l'enhardit : il passa à côté d'eux sans les réveiller et alla droit au salon, dont la porte était ouverte.

Au moment où, encore caché par la portière, il allait par un mot annoncer sa présence, il entendit sa mère dire : — Mais Auguste! mais Auguste!... — Eh bien! Auguste, je m'en charge... répondit l'oncle... — Mais le moyen de lui cacher ce départ? répétait la pauvre mère, dont la voix tremblante dénotait l'émotion. — Le moyen est facile, répondit l'oncle. Demain je chargerai Thibaud de le faire lever de bonne heure et de l'emmener déjeuner chez l'abbé de Presle qu'il aime tant et qui a de si beaux livres qu'Auguste resterait une journée entière à regarder les images, sans penser à autre chose; pendant ce temps-là, je t'emballe, je te conduis à Dieppe, où tu dois trouver le capitaine de navire que ton mari a chargé de t'amener près de lui; et moi, je reviens à Paris rejoindre ton fils : tu ne doutes pas, j'espère, de mon amour pour lui. — J'aurais tant voulu l'emmener!... dit madame de Saint-Céran en pleurant. — Tu es aussi enfant que ton fils! dit M. de Marillac en se levant et s'avançant vers la cheminée.

Auguste n'eut que le temps de se rejeter en arrière, de regagner l'antichambre qu'il traversa en courant; un moment après il était dans son lit, mais non pour dormir cette fois... Un projet trottait dans sa tête.

II.

LES DOUANIERS.

Il fallait être rendu à la diligence avant sept heures du matin, de sorte qu'à cinq tout le monde était sur pied. Pendant qu'on achevait d'emballer les effets, de fermer les caisses et de les charger sur la charrette qui devait les apporter aux messageries, M. de Marillac appela Thibaud et lui donna les ordres concernant son neveu. — Monsieur, dit le domestique revenant tout effaré, on ne trouve M. Auguste nulle part. — Chut! pas un mot de cela devant sa mère, reprit l'oncle... il ne peut être loin; cherchez-le... Pourvu qu'il ne reparaisse qu'après le départ de ma sœur... ajouta-t-il en s'avançant vers sa sœur toute prête à partir. — Auguste! dit-elle, car le nom de son fils était toujours sur ses lèvres comme dans son cœur. — Parti pour aller chez l'abbé de Presle, répondit l'oncle en activant le départ, de peur que l'enfant ne reparût auparavant; puis ayant fait venir un fiacre et y ayant fait entrer presque de force la pauvre mère qui voulait, disait-elle, une dernière fois embrasser son fils, il donna l'ordre du départ.

Il n'arriva rien d'extraordinaire aux voyageurs pendant la route, et ils atteignirent Dieppe sans encombre; là, madame de Saint-Céran devait se séparer de son frère, quitter la diligence et prendre le bateau à vapeur jusqu'au Havre.

En approchant de la porte de Paris, par où l'on entre à Dieppe et où est placé l'octroi, la diligence s'arrêta et les voyageurs descendirent pour assister eux-mêmes à la visite de leurs paquets. — N'avez-vous rien à déclarer? est la demande d'usage; on l'adressa à madame de Saint-Céran. — Non, dit-elle, et vous m'obligeriez de ne pas froisser mes effets. — Où sont les clés des malles?.fût la réponse des douaniers. — Les voici, répondit madame de Saint-Céran; celle-ci e*t pleine de linge... voyez... cette caisse renferme mes robes... allez doucement, je vous prie... celle-ci est une caisse à chapeaux... j'imagine qu'il est inutile de l'ouvrir. — Elle est bien lourde, pour une caisse à chapeaux, dit un douanier la soulevant... où est la clé... la clé?... — Est-ce que vous pensez que je veux faire de la contrebande? repartit madame de Saint-Céran blessée de la supposition... — Donne la clé, ma sœur, et dépêchons, fit observer M. de Marillac.

Madame de Saint-Céran ne donna cette dernière clé qu'avec beaucoup de regrets, car nous sommes obligée d'avouer que, très-jeune et très-jolie, elle tenait beaucoup à le paraître; et, partant de là, elle tenait beaucoup à ses objets de toilette, à ses chapeaux surtout... Aussi que devint-elle quand elle entendit le douanier qui avait ouvert la caisse s'écrier : — Ça sent joliment le poulet là-dedans... — Drôles de chapeaux, tout de même... celui-ci est d'une espèce nouvelle!

Elle se baissa pour regarder dans la caisse; et, à son grand étonnement, elle vit un petit pantalon de drap bleu, des petites bottines vernies, une chemise, une veste, des bras, des pieds et une tête qui, bien qu'elle se cachât honteuse, offrait une parfaite ressemblance avec celle du petit Auguste laissé à à Paris : — Mon fils! cria madame de Saint-Céran. — Auguste! cria M. de Marillac. — Oh! ne vous fâchez pas, maman, dit Auguste se décidant à se lever du fond de la caisse, où il se tenait accroupi... Ne vous fâchez pas, mon oncle, et surtout ne me renvoyez pas à Paris... Méchant douanier! je pensais qu'on ne s'apercevrait de ma présence qu'en pleine mer, à bord du navire, et quand on ne pourrait plus me ramener à

terre. — Là, dans cette caisse! repartit madame de Saint-
Céran tellement saisie qu'elle en était pâle, tremblante et incapable de se soustraire aux caresses de son fils, qui avait saisi
ses mains et les baisait tout en parlant... Au risque d'étouffer...
de mourir de faim... — Oh! quant à ce qui est de mourir
de faim, dit Auguste, pas de risque : j'avais encore la moitié
d'un poulet, un petit pain et une demi-bouteille d'abondance... — Et qui avait préparé tout cela, Thibaud était
donc du complot? demanda M. de Marillac. — Le seul coupable est moi, dit Auguste. Puis il raconta la manière dont
il avait entendu le complot de son oncle pour l'envoyer déjeuner chez l'abbé de Presle. — Je revins au lit désolé, continua
le charmant enfant; que faire, que faire ?... Je me répétai
cela presque toute la nuit... puis l'idée de me cacher dans
une caisse me vint... mais laquelle?... Me voilà me levant... et
les examinant toutes... celle des chapeaux, par sa forme
élevé, me séduisit... Voici ma chaise de poste, me dis-je;
j'avais vu mon oncle remplir la vôtre de provisions, je pensai
à en faire autant à la mienne... Tous mes préparatifs étaient
faits, lorsque j'entendis les domestiques se lever... Ma foi, au
petit bonheur! me dis-je; et je me jetai dans la caisse, dont
je fis retomber le couvercle sur moi, puis je me mis à genoux
et je priai tant le bon Dieu de permette qu'on ne me découvrît
pas, qu'on ne m'a pas découvert. Oh! que je fus heureux
quand je sentis qu'on me juchait sur la voiture! que je fus content quand j'entendis Colombe crier : — Ne remuez pas tant
les chapeaux de madame, et posez la caisse droite et d'a-
plomb!... D'abord, car il faut tout dire, j'étouffais un peu
dans la caisse; heureusement j'avais mon canif, et j'ai fait des
petits trous... Ça ne te fâche pas, n'est-ce pas, maman?... —
Cher... cher enfant... dit madame de Saint-Céran, qui écou-

tait son fils avec toute l'admiration de l'amour maternel... Et dire qu'il n'a tant travaillé que pour retarder seulement d'un jour notre séparation! — Oh! vous n'aurez pas le courage de vous séparer encore de moi, dit Auguste avec l'accent du désespoir. — Hélas! dit douloureusement madame de Saint-Céran, un voyage sur mer est si dangereux... on en meurt quelquefois, mon fils! — Eh bien! si vous mourez, je veux mourir avec vous, maman.

Cet enfant dit ces paroles avec un tel accent de sensibilité, que sa mère s'écria : — Oh! rien, non, rien maintenant ne me séparera de toi, mon fils.

Et l'heureux enfant suivit sa mère à la Martinique, d'où il n'est revenu que depuis peu avec M. et Madame de Saint-Céran.

EUGÉNIE FOA.

LE FILS DU BATELIER

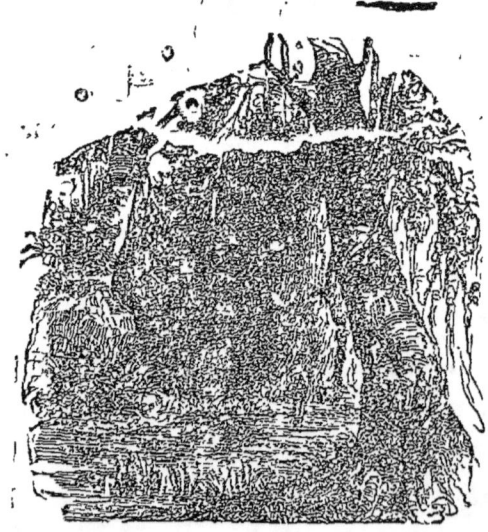

Dans le canton de Vaud, en Suisse, est un endroit qu'aucun touriste ne se fait faute de visiter : c'est Saint - Saphorin. Il est en effet peu de sites plus pittoresques. Là, au bas de la route qui conduit à Lausanne, sur les bords du lac de Genève, on voit une jolie maisonnette qui se mire coquettement dans les eaux et cache son toit de chaume dans un labyrinthe de verdure formé par les rameaux de quelques arbres plantés alen-

4

tour. De cette maisonnette, on jouit d'un aspect enchanteur.
Elle semble couronnée de toutes parts par les hautes montagnes de la chaîne des Alpes, dont les crêtes dentelées se décou-
pent au loin, de l'autre côté du lac, avec leur robe verte et
leur chapeau de neige, sur un ciel d'azur. L'heureux possesseur de cette gracieuse habitation est un batelier nommé Jacques Stackman. Il en a fait une auberge où viennent se reposer
les voyageurs, que naguère encore il menait, pour une faible
rétribution, promener sur les eaux du lac. La prospérité de
Jacques Stackman ne date pas de loin. Elle se rattache à une
aventure dont son fils, Pierre, a été le principal héros. Voici
le fait :

L'année dernière, par une belle journée du mois d'avril,
Jacques s'était absenté pour aller à la ville. Il ne restait à la
maisonnette que sa femme et son fils, alors âgé de quatorze
ans. Le pauvre garçon était, depuis quelques jours, gravement
indisposé. Il paraissait trembler la fièvre. Tandis que sa mère,
inquiète et attentive à soulager son mal, l'enveloppait d'une
épaisse couverture de laine et ranimait les restes d'un bon feu
qui pétillait dans la cheminée, on frappa à la porte un léger
coup, et presque au même instant entra un homme d'une quarantaine d'années, portant dans ses bras une jeune fille évanouie.

— Ma voiture, dit-il à l'hôtesse, vient de se briser à quelques pas d'ici : la frayeur que lui a causée cet accident a mis
cette enfant dans l'état où vous la voyez ; j'espère cependant
que cela ne sera rien, car elle ne paraît, du reste, avoir éprouvé
aucun mal. De prompts secours ne tarderont pas à la faire revenir de son évanouissement. Aussitôt après, nous nous remet-
trons en route. Je vous l'abandonne, tandis que je vais aller
rejoindre mes gens qui sont occupés à relever ma voiture ; tâ-

chez de la faire revenir de la situation où l'a plongée son effroi. Soyez tranquille, vous serez largement récompensée.

L'hôtesse avait déposé la jeune fille sur un lit, et lui prodiguait les soins les plus empressés.

M. Dorbeuil, c'est le nom du voyageur, sortit. Au bout de quelques instants, il rentra. La jeune fille avait rouvert les yeux et était complétement rassurée. Son père déposa sur son front pâle encore un baiser, et lui dit :

— Béni soit le ciel, mon enfant, qui n'a pas permis que l'accident qui vient de nous arriver fût fatal à aucun de nous. Cependant, il est plus fâcheux que je ne saurais dire ; ma voiture est complétement incapable de poursuivre sa route. En vain mes gens ont tenté de lui faire toutes les réparations nécessaires à l'aide de tous les cordages que nous avons pu rencontrer ; le coffre est défoncé, l'essieu est rompu. Il ne faut pas songer à nous en servir d'ici à plusieurs jours.

— Ah ! mon Dieu ! s'écria douloureusement la jeune fille, que va donc penser ma mère ? elle qui nous attend ce soir même ! Quelle inquiétude mortelle va lui causer ce retard !

— Il faut à tout prix que nous continuions notre route, reprit M. Dorbeuil. De puissants motifs, outre celui que tu viens d'exprimer, me forcent à ne pas nous arrêter en chemin. Madame, ajouta-t-il en se tournant vers l'hôtesse, ne se trouve-t-il donc personne ici qui puisse nous conduire de l'autre côté du lac ?

— Mon mari, répondit l'hôtesse, est à la ville, et mon pauvre Pierre, qui dans ces sortes de circonstances le remplace, est, comme vous le voyez, malade et tout à fait incapable de pouvoir manier l'aviron.

— Je donnerais volontiers, s'il le fallait, dix louis pour qu'on me fournît les moyens de faire ce soir même ce trajet.

— Vous m'en donneriez cent, fit Pierre, qui s'était levé de sa chaise et était allé sur le seuil de la porte examiner le ciel ainsi que la surface du lac, que je ne voudrais pas, à l'heure qu'il est, vous conduire à bord.

— Et pourquoi cela?

— Parce que là-bas, sur le sommet des montagnes, je vois un point noir qui s'avance, et qu'au-dessus du lac s'élève un léger brouillard qui ne présage rien de bon. Les eaux de temps en temps clapotent et font entendre un sourd grondement. C'est une tourmente qui se prépare.

M. Dorbeuil secoua la tête et ne parut nullement convaincu. Le soleil en effet brillait encore de tout son éclat. Pour des yeux moins exercés que ceux de Pierre, rien ne semblait devoir troubler le calme et la sérénité de cette journée.

— Monsieur, reprit l'hôtesse, croyez-en Pierre, il ne faut pas partir. Nul ne se connaît mieux que lui aux symptômes précurseurs de la tempête.

M. Dorbeuil et sa fille, malgré ces observations, ne persistèrent pas moins dans leur résolution de s'éloigner.

— Puisque vous voulez absolument traverser le lac, dit l'hôtesse, faites venir vos gens; mon mari a deux barques, prenezen une, celle qui est amarrée là, tout à côté. Demain, si, comme je le souhaite plus que je ne l'espère, le trajet a lieu sans encombre, vous ferez ramener la barque.

M. Dorbeuil remercia l'hôtesse, la paya grassement, appela ses gens, et, laissant là sa voiture et ses chevaux, se mit en devoir d'effectuer le passage du lac. Tous montèrent sur la barque indiquée, et bientôt, déployant la voile, faisant force de rames, ils se trouvèrent à une assez grande distance du bord.

Rien encore ne semblait devoir vérifier les sinistres prédictions de l'hôtesse et de son fils. Le ciel était toujours pur, et le ciel n'avait rien perdu de son éclat; seulement, le brouillard qui ondulait au-dessus des eaux devenait de plus en plus intense, et s'étendait comme un vaste linceul sur toute la surface du lac. D'abord, les passagers ne s'effrayèrent pas de cette accumulation de vapeurs, l'attribuant aux approches de la nuit. Cependant, Pierre était resté debout sur le seuil de la maisonnette, suivant d'un œil inquiet la barque qui glissait et s'éloignait rapidement. Tout à coup il se mit à faire des signaux répétés pour engager les voyageurs à se hâter de revenir, car la tourmente était proche; elle allait éclater. Ses signaux furent dédaignés ou ne furent pas aperçus : la barque continua sa route.

Les pics, les rochers, le ciel bleu, tout disparut subitement dans une mer nuageuse. Le jour fit place à l'obscurité. De sourds gémissements se firent entendre dans les airs, les eaux du lac bouillonnèrent et s'entre-choquèrent avec violence; un vent impétueux, glacial, mortel, soufflait avec un bruit terrible. Des cris de détresse, qui paraissaient venir de la barque, incapable sans doute de résister aux assauts de la tempête, frappèrent les oreilles de Pierre.

—Ma mère, s'écria-t-il, ces voyageurs vont périr si personne ne leur porte secours. Pour se tirer d'un tel danger, il faudrait toute l'expérience de mon père. Sans aucun doute ils vont être engloutis dans l'abîme, eux qui savent à peine ce que c'est qu'un aviron!

Cependant, au milieu de ces terribles convulsions de la nature, M. Dorbeuil et ceux qui montaient la barque avec lui étaient dans des angoisses difficiles à décrire. Épuisés de fatigue, affaiblis par le froid, aveuglés par les éclairs, épouvantés par les éclats redoublés du tonnerre, inondés, ils se sentirent pris d'un grand découragement. M. Dorbeuil tenait étroitement embrassée sa fille, qu'il craignait à chaque instant de voir tomber dans les eaux du lac; car la barque, violemment agitée, penchait d'une manière effrayante. Le vent avait déchiré la voile en mille morceaux, le frêle esquif voguait ballotté à l'aventure. Un dernier coup de tonnerre, mêlé à des tourbillons de pluie, retentit; un affreux craquement annonça que les ais de la barque étaient sur le point de se disjoindre et porta la terreur au fond des âmes; l'embarcation fracassée sombra, et tous les passagers furent précipités dans les ondes... C'en était fait d'eux!

La tempête avait diminué de violence; le vent ne soufflait plus que par légères raffales, l'obscurité était devenue moins grande. Une barque, conduite par une main expérimentée, parut sur le lieu où venait de s'accomplir cette désolante catastrophe. C'était Pierre.

Il recueillit les naufragés; mais, hélas! il en manquait un à l'appel; c'était la fille de M. Dorbeuil. Le malheureux père voulait se lancer dans le lac à la recherche de son enfant, et s'efforçait de triompher de la résistance que ceux qui l'entouraient opposaient à son projet. Tout à coup, on vit flotter, à quelque distance, un objet dont la forme était presque insaisissable. Pierre se précipite aussitôt et nage vers lui; il lutte contre les flots qui l'entraînent; bientôt il est près de cet objet, et, au moment où il va s'enfoncer dans l'abîme, il le saisit et le tient suspendu à la surface de l'eau. La barque se dirige vers l'intrépide jeune homme. M. Dorbeuil lui prend des mains le fardeau qu'il élève vers lui : c'était sa fille! Pierre lui-même est ramené sur la barque; il était temps : ses forces le trahissaient; bientôt elles l'abandonnèrent tout à fait, il perdit connaissance. Quand il revint à lui, l'embarcation avait touché la terre. M. Dorbeuil était à ses côtés.

— Brave et courageux enfant, lui dit-il, que ferai-je pour te témoigner ma reconnaissance? Comment t'es-tu donc trouvé là pour nous sauver la vie, quand nous te croyions tous tranquillement assis au coin du foyer de ta mère?

— Lorsque j'ai vu la tourmente, répondit Pierre, je vous ai fait en vain mille signaux pour vous engager à revenir. Vous n'y avez répondu que par des cris de détresse. Alors, ma mère s'est jetée à genoux et s'est mise à prier Dieu. D'abord j'ai fait comme elle; mais ensuite je me suis arraché de ses bras, et j'ai couru détacher notre seconde barque; puis je suis venu, pensant que le ciel bénirait mon entreprise et qu'il ne m'abandonnerait pas.

— Sans toi, nous étions perdus, reprit son interlocuteur; c'est en effet Dieu qui t'a inspiré. Je te dois deux fois la vie, car c'est encore grâce à ton héroïque dévouement que ma fille unique, ma bien-aimée, existe; c'est toi qui l'as arrachée à une mort inévitable. Parle, que veux-tu en échange de ce que tu as fait pour moi?

— Là-bas, répondit Pierre, ma mère prie et pleure, ne sachant si nous avons péri; qu'un de vos gens m'aide à retourner vers elle. C'est tout ce que je réclame de vous, car, en venant à votre secours, je n'ai fait que remplir un devoir.

L'on voit toujours, sur les bords du lac de Genève, la maisonnette de Jacques Stackman; mais son aspect a changé. Partout, comme nous l'avons déjà dit, brille un air d'aisance et de prospérité qu'on ne remarquait pas avant cette époque. Jacques et Pierre ne mènent plus les voyageurs promener sur le lac moyennant une faible rétribution; néanmoins ils ont conservé leurs barques, et quand vient la tourmente, si quelque embarcation fait des signaux de détresse, Jacques et Pierre sont encore là, jamais ils ne sont sourds à cet appel.

M. Dorbeuil ne s'est, en effet, point cru quitte envers Pierre en lu faisant reconduire immédiatement auprès de sa mère. Il était riche, il a fait un noble emploi de sa fortune en comblant de ses dons la famille de son sauveur. Depuis cette époque, au voyageur qui va visiter Saint-Saphorin, les habitants se plaisent à raconter cette histoire, et, dans leur naïve admiration pour le dévouement de Pierre, ils le citent comme exemple à leurs enfants. Après avoir fait le tableau de la prospérité dont il jouit maintenant, grâce à la reconnaissance de M. Dorbeuil, ils terminent ainsi d'ordinaire leur récit : Vous le voyez, une belle action porte toujours bonheur.

Ortaire FOURNIER.

Non, non pas par là, cria Paul l'accent plein de terreur si bien
sentie qu'elle se communique..

(Le Var)

LE RÊVE

Qu'as-tu donc, Paul? Tu ne peux tenir en place, disait, un soir des vendanges dernières, une jeune femme qui tenait sur ses genoux un petit garçon de six ans à moitié endormi, et qui s'adressait à un autre qui pouvait bien en avoir dix pour la force et la raison, mais qui réellement n'en avait que huit.

— Je suis inquiet de M. Dubreuil, répondit Paul, qui déjà vingt fois s'était avancé sur le perron du salon, du haut duquel on apercevait le bois épais et touffu de Gradignan, et la grande route de Bordeaux qui sépare le bois de la maison de campagne.

— Cet enfant est étonnant, dit madame Dubreuil en souriant.

— Oh! c'est que j'aime bien M. Dubreuil, Madame, et vous aussi, et votre fils Gustave aussi, et que je ne voudrais pas qu'il arrivât de mal à aucun de vous... dit l'enfant avec un accent de sensibilité vraie; c'est que sans vous tous je serais mort de faim et de froid sur une pierre du chemin.

— Sans M. le curé, mon enfant, reprit doucement la jeune femme.

— M. le curé m'a trouvé sur la pierre, c'est vrai; il avait enterré le matin ma pauvre mère... il y avait longtemps que je n'avais plus mon père; il vous a conté ma misère, et vous, Madame, vous avez dit : J'aurai soin de ce pauvre enfant, et votre mari a dit : Je suis un des premiers bijoutiers de Bordeaux, je lui apprendrai mon état; et jusqu'à votre fils, M. Gustave, qui a dit : Je n'ai pas de frère, Paul sera mon frère... Mais je bavarde, je bavarde; voilà bientôt sept heures, et M. Dubreuil ne rentre pas... Oh! si j'étais le maître!...

— Que ferais-tu, Paul? lui demanda madame Dubreuil avec amité.

— Je prendrais un de vos gens... et j'irais à sa rencontre... Songez donc, Madame, qu'il y a un bois à traverser, et que votre mari porte souvent des bijoux sur lui.

— Surtout ce soir, dit madame Dubreuil bas et comme se parlant à elle-même; oui, tu as raison, ajouta-t-elle plus haut. Pierrille! cria-t-elle à un paysan qui traversait la cour et s'approchait de la grille de sortie.

— Pierrille! allez à la rencontre de Monsieur, je vous prie.

— Avec moi, demanda Paul d'un air suppliant.

— Avec toi, soit, dit madame Dubreuil.

Pierrille était un jeune paysan entré nouvellement au service de la maison, porteur d'un de ces visages sournoisement hypocrites, et sur lequel on ne lisait jamais qu'un sentiment, celui d'une vile cupidité. Il baissa seulement la tête à l'ordre qu'il reçut; mais à peine eut-il dépassé la grille, qu'il jeta sur son jeune compagnon de voyage un regard empreint d'une colère concentrée, et grommela entre ses dents : Maudit paysan! il avait bien besoin de venir!

— Mais il me semble que nous ne prenons pas le chemin de Bordeaux, dit Paul au paysan qui marchait devant lui d'un air sérieux.

— Si, dit Pierrille.

— Non, répliqua Paul.

— Eh bien! soit, dit Pierrille; mais j'ai un mot à dire à mon cousin le cabaretier, ici près: si tu ne veux pas me suivre, tu es le maître.

— Ce ne sera pas long? demanda Paul.

— Je n'en sais rien, répliqua le paysan brusquement et en se dirigeant vers une chaumière au contrevent de laquelle un bouchon de paille indiquait la profession des habitants.

Malgré cette réponse, Paul suivit Pierrille; mais tout à coup le visage du paysan s'éclaircit.

— As-tu soif? demanda-t-il à l'enfant.

— Dam! oui, dit Paul.

Cette réponse dérida tout à fait le paysan, il sourit : certes, si Paul n'eût pas été un enfant simple et naïf, ce sourire l'eût effrayé; il était empreint d'une joie féroce et maligne.

— Attends-moi là, dit Pierrille à Paul; puis il entra dans le cabaret et reparut bientôt, tenant un grand verre d'eau mélangée de vin : du moins Paul le jugea-t-il ainsi à la couleur claire du liquide que contenait le gobelet; il but d'un trait.

— C'est bon, dit-il.

— Encore un verre, mon petit Paul?

— Ça n'est pas de refus, Pierrille.

Et Pierrille, ayant été chercher un autre verre du même mélange, l'enfant l'avala sans défiance.

Puis les deux personnes se remirent en route ; mais à peine eut-il fait quelques pas que, de très-gai qu'il était un moment auparavant, Paul devint triste : il sentit sa tête s'alourdir et il lui prit une grande envie de dormir. Il faut que vous sachiez, mon jeune lecteur, que ce que Pierrille avait fait boire à Paul était une boisson composée de vins blanc et rouge mêlés ensemble, et que rien n'enivre plus que ce mélange. Or, la tête de Paul allait comme ses jambes, de ci, de là ; bientôt l'enfant ne put se soutenir, et, au moment où il crut entendre les pas de quelqu'un qui venait à sa rencontre, il tomba comme engourdi au pied d'un arbre.

Là, il eut un rêve affreux : il lui sembla que plusieurs hommes entouraient Pierrille et lui tendaient la main, que celui-ci mit dans ces mains tendues vers lui tout plein de jolies pièces blanches, que le matin Paul avait vu sa maîtresse serrer dans le tiroir de son secrétaire; puis que tous ces hommes battirent Pierrille avec un bâton! que même l'un d'eux lui fendit la tête, et qu'enfin, Pierrille ayant dit un mot qui fit faire silence, voilà ce qu'il entendit :

— Demain, dans la journée, Madame doit aller porter une parure en diamants, par derrière, chez M. Rodrigues cadet; je la ferai passer par ici : après-demain, on entendra parler d'un meurtre... mais bien fin qui nous découvrira.

— Passera-t-elle par ici? demanda un de ces hommes.

— Ce n'est pas le chemin; mais c'est moi qui conduit l'âne, je saurai bien le guider par ici.

— Et si elle fait des observations? répliqua un autre.

— Je lui ferai croire que celui-ci raccourcit, dit Pierrille.

— Mais les moutards seront sans doute avec elle? dit un troisième.

— Bast! dit celui qui avait déjà parlé, je me chargerai bien du plus grand, moi.

— Et moi du plus petit, dit un autre.

— Moi, de la mère! dit Pierrille.

Et comme à ce dernier mot Paul voulut faire un mouvement pour crier et appeler au secours, les voix d'hommes reprirent :

— L'enfant dort-il, au moins?

— Il est soûl comme une grive, répondit Pierrille.

Puis les hommes se séparèrent; l'enfant rêva encore que Pierrille le prenait sur ses épaules et le ramenait à la maison; quand il se réveilla, il faisait jour et il était couché dans son lit.

— Quel vilain rêve! dit Paul en se levant. Mais comme dans la maison de madame Dubreuil chacun vaquait à ses affaires, et que, du reste, les vendanges ne laissaient personne oisif, il ne trouva point à qui conter son rêve; et puis, quand il eût trouvé quelqu'un, s'en serait-il fait écouter? En général, les personnes grandes et raisonnables portent très-peu d'attention aux rêves des enfants; Paul savait cela, et, plutôt que de voir rire à ses dépens ou s'entendre traiter de rêveur, l'enfant préférait se taire.

Cependant, à peu près vers trois heures, madame Dubreuil donna ordre de faire seller l'âne, parce qu'elle avait une course à faire chez madame de Saint-Ange, et de dire à Pierrille de se préparer, que ce serait lui qui l'accompagnerait.

— Porter une parure à sa fille qui se marie? demanda Paul.

— Comment sais-tu cela? dit madame Dubreuil étonnée.

— Je l'ai rêvé, dit Paul.

— Ou plutôt tu l'auras entendu dire à mon mari, dit madame Dubreuil.

Paul n'osa pas dire le contraire.

Comme Pierrille ne se trouvait pas là; pendant qu'un domestique préparait l'âne, un autre alla chercher le paysan. Tout cela prit beaucoup de temps. Enfin, il y avait une heure à peu près que madame Dubreuil, assise sur le bât de l'âne, ayant devant elle son fils, et derrière elle Paul, s'impatientait, appelait et prenait patience pour se tourmenter l'instant d'après, lorsque Pierrille parut.

— Qu'avez-vous donc autour de la tête? lui dit sa maîtresse, sa colère cessant devant la figure blême du paysan enveloppée d'un mouchoir sur lequel quelques gouttes de sang témoignaient une blessure.

— Je me suis fracassé la tête, hier, en tombant d'une échelle, Madame, répondit cet homme le regard fixé en terre et la contenance embarrassée.

En achevant ces mots, il prit le licou de l'âne et se mit à marcher, le traînant ainsi en laisse.

A la vue de Pierrille de la sorte empaqueté et en entendant cette réponse, qui lui rappelait son rêve, le petit Paul sentit son cœur qui froidissait; ce rêve le tourmentait tellement que l'enfant était quelquefois tenté de le prendre pour une réalité. Puis chacune des circonstances qui l'avaient impressionné se retraçait si claire, si précise à sa mémoire que, malgré lui, il se répétait :

— L'ai-je rêvé, oui ou non?

Et une inquiétude mortelle s'empara de lui. Toutefois il ne disait mot : il regardait, tout ému, tantôt sa chère bienfaitrice assise si calme devant lui, souriant à Gustave qui avait voulu tenir les guides, et qui, dans sa naïveté primitive, croyait conduire la monture; puis ses regards se portaient avec terreur sur Pierrille, dont la figure, bassement ignoble et pleine de contusions, semblait venir attester la véracité de son rêve... Mais que devint le pauvre enfant lorsque soudain il vit prendre à l'âne, conduit par Pierrille, un petit sentier étroit, sombre, qui descendait dans le bois et qui s'éloignait de la grande route, et qu'il entendit madame Dubreuil dire :

— Mais ce n'est pas là le chemin; vous vous trompez, Pierrille!

— Je le sais, Madame, répondit Pierrille, mais celui-ci raccourcit de beaucoup. Alors, il n'y tint plus; égaré, éperdu, il se précipita vers sa bienfaitrice :

— Non, non, pas par là, cria Paul l'accent plein d'une terreur si bien sentie qu'elle se communiqua.

— Pourquoi? demanda madame Dubreuil en pâlissant.

— Retournons, retournons, criait toujours Paul dans un état impossible à décrire; oh! par pitié, Madame, retournons, ajouta-t-il la voix basse et tremblante, je vous dirai tout... plus loin...

— Je veux revenir chez moi, Pierrille, dit madame Dubreuil devinant à l'effroi silencieux de son protégé qu'un mystère était caché là-dessous... d'autant, ajouta-t-elle, que je m'aperçois à l'instant que j'ai oublié sur ma toilette l'écrin que je dois porter chez madame de Saint-Ange... Ce qui ne m'empêchera pas de revenir avec vous, Pierrille; seulement je laisserai les enfants à la maison.

Dupe de la tranquillité apparente de madame Dubreuil, on

reprit le chemin de la maison où, en arrivant, Paul raconta son prétendu rêve.

Madame Dubreuil voulut attendre son mari avant de prendre une décision à l'égard de Pierrille; la nuit se passa ainsi : le lendemain, on apprit qu'une bande de malfaiteurs avait été arrêtée dans le bois de Gradignan, et que l'un d'eux avait désigné Pierrille pour leur complice.

A l'annonce de cette nouvelle, ainsi qu'à la vue des gendarmes qui venaient arrêter Pierrille, madame Dubreuil serra avec transport Paul contre son cœur.

— Cher enfant, lui dit-elle, tu m'as sauvé la vie ainsi qu'à mon fils, c'est moi qui te suis redevable maintenant.

— Et moi l'heureux ! répondit-il en pleurant de joie.

EUGÉNIE FOA.

LE COLPORTEUR

Vers la fin de 1793, le ré-
gime de la terreur s'était répandu sur toute la France
avec une effrayante rigueur.
Mais à Paris, plus que partout
ailleurs, il exerçait de cruels
ravages. Il n'était plus besoin
d'avoir un nom brillant ou
une grande fortune pour
craindre le bourreau : un ennemi, un voisin envieux suffi-
sait quelquefois pour faire tomber sous la hache la tête de
l'homme le plus tranquille. Aussi fuyait-on Paris autant qu'on

le pouvait, car il n'était pas facile non plus de sortir de Paris :
chercher à s'éloigner excitait déjà les soupçons.

Or, par une matinée assez froide de novembre, dans une petite
maison d'Arcueil, petit village... Mais qui ne connaît Arcueil
et son aqueduc, qui alimenta longtemps certaines fontaines
de Paris? Dans une petite maison, un homme, jeune encore,
et qui ne paraissait pas avoir plus de trente ans, se disposait à
se mettre en route. Dans la pièce où il se trouvait alors, une
vieille femme attisait le feu, tandis que lui préparait un sac
qui indiquait suffisamment la profession de colporteur qu'exerçait son propriétaire. Tout en serrant sa courroie, le jeune
homme fredonnait une chanson patriotique d'une poésie un
peu crue, comme beaucoup de chansons de cette époque. —
Pierre, lui dit la vieille femme, pourquoi donc chantes-tu
toujours ces vilaines chansons? — Eh! mère, ne faut-il pas
faire comme tout le monde. — Il n'est pas besoin de faire plus
que les autres et de te faire passer pour un farouche républicain,
comme on t'appelle ici. — Mon Dieu! ma mère, si je n'étais
pas un farouche républicain, puisque farouche il y a, je ne
pourrais circuler aussi librement que je le fais, et porter mes
marchandises de tous côtés; et, quoique ça n'aille par fort,
c'est cela qui nous fait vivre. La vieille hocha la tête. — Allons,
mère, ne te fâche pas et à bientôt; Pierre Durand n'est pas si
méchant qu'il en a l'air. Pierre embrassa sa mère, jeta son sac
sur son dos et partit d'un pas pressé que justifiait le froid vif
et piquant du matin. Pierre avait déjà fait une lieue, lorsqu'au
détour d'un bois un homme se présenta tout à coup devant lui;
il était pâle et défait. — Monsieur, dit-il en se plaçant devant
Pierre... — Qu'est-ce que c'est, monsieur? il n'y a pas de monsieur, entends-tu, citoyen? et Pierre Durand est un citoyen. —
Eh bien! citoyen Durand, vous êtes homme aussi, vous aurez

pitié de moi et de ma femme qui se meurt dans ce bois de
froid, de faim et de fatigue. — Votre femme! dit Pierre Durand; et que diable faites-vous à cette heure-ci dans les bois?
— Nous avons été obligés de fuir Paris cette nuit précipitamment, nous nous sommes égarés, et nous avons passé la nuit
ici. — Allons d'abord à votre femme, dit le colporteur; et il
suivit l'inconnu. Ils trouvèrent une jeune femme étendue à
terre presque sans mouvement, glacée par le froid dont n'avaient
pu la préserver les vêtements de son mari étendus sur elle. —
Diable! diable! dit le colporteur. Et, détachant une gourde de
son cou : — Faites-lui boire une goutte de cela, je vais tâcher
de faire un peu de feu; c'est le plus pressé. Il tira un briquet
de sa poche, et, ramassant quelques branches sèches, il allu-
ma un feu auquel put se réchauffer la jeune femme. — Maintenant, que comptez-vous faire? dit Durand à l'inconnu. —
Je n'en sais réellement rien du tout. Nous comptions pouvoir
aller à une dizaine de lieues d'ici, chez un de nos amis, lui
demander asile; mais maintenant cela n'est plus possible, les
forces de ma femme ne lui permettraient pas. Je ne sais ce que
nous allons devenir. — Les routes sont peu sûres pour vous,
vous ne pourriez pas manquer d'être arrêtés et ramenés à
Paris... Il y aurait bien un moyen, ajouta-t-il après un moment de silence, si vous voulez en essayer, il pourra réussir
avec de l'audace. — Quel est-il? — Il faudrait vous séparer;
je ferais passer madame pour ma nièce, et je la conduirais chez
ma mère, où elle serait parfaitement bien et en sûreté. Vous,
je vous conduirais à quelques lieues d'ici, chez un ami sûr;
où vous pourriez attendre de meilleurs jours. — Mais ces habits? dit la jeune femme. Le colporteur jeta un regard sur elle.
— N'est-ce que cela? dit-il; j'ai ce qu'il vous faut, un costume de paysanne que je portais à une pratique et qui s'en

passera. Acceptez-vous ? — Si nous acceptons, brave homme !
dit l'inconnu ; merci, merci mille fois, vous nous sauvez la
vie. — Eh bien ! alors, dépêchez-vous, vous me remercierez
plus tard ; nous n'avons pas le temps en ce moment, il faudrait
arriver avant que tout le village fût sur pied, car ce seraient
des questions à n'en plus finir. — En quelques instants, la
jeune femme eut achevé sa toilette. — Maintenant, dit le colporteur, en route. Ce fut un moment bien douloureux que
celui de la séparation des deux jeunes époux. — Nous rever-
rons-nous ? se disaient-ils ; et ils ne pouvaient s'arracher des
bras l'un de l'autre. — Allons, allons, disait Durand, faisons
vite, je vous en prie, le meilleur moyen de se revoir plus tard,
c'est de se quitter tout de suite. Vous, attendez-moi ici, dit-il
à l'inconnu ; je viendrai vous rejoindre.

Chemin faisant, il donna les instructions à la jeune femme.
Il ne faisait pas encore grand jour quand ils arrivèrent au village, et heureusement ils n'avaient rencontré personne quand
Durand entra dans la maison de sa mère. — Mère, dit-il,
voilà ta nièce Fanchette que je t'amène, aies-en bien soin. —
Qu'est-ce que cela veut dire? dit la vieille en ouvrant de grands
yeux étonnés, ma nièce Fanchette ! Et elle regardait la jeune
femme de la tête aux pieds. — Fanchette va te conter tout
cela, dit-il; moi je me sauve. Et il repartit plus vite encore
qu'il n'était venu ; il retrouva dans le bois l'inconnu qui le remercia de nouveau avec chaleur. — A votre tour, dit-il, met-
tez cela ; et il lui donnait une blouse. Prenez-moi ce bâton,
et en avant, maintenant; vous êtes Étienne Robiquet, un ami
du pays; vous m'accompagnez, parce que c'est votre route.
Du sang-froid, de l'aplomb, et vous êtes en sûreté. — Et ma
femme? — Votre femme? soyez tranquille, elle est mieux que
vous maintenant; la vieille mère Durand en a soin, et je la lui

ai recommandée. Ils marchaient depuis une heure, quand ils aperçurent quelqu'un qui venait à eux. —Méfiez-vous de celui-là, dit le colporteur; c'est Perrin, un enragé; heureusement qu'il est plus méchant que fin. — Bonjour, citoyen, dit-il quand ils passèrent près de lui; et ils voulurent continuer leur route; mais le nouveau venu les arrêta. —Tu es bien pressé ce matin, citoyen. — Que veux-tu? faut se dépêcher, pour faire ses affaires. — Et c'est ton associé, ce freluquet-là? — Ce freluquet-là, c'est le citoyen Robiquet, un brave patriote qui vient avec moi pour faire payer un suspect qui va avoir affaire à nous s'il ne marche pas droit. — A la bonne heure, mon brave, tous les suspects... voilà. Et il fit signe de couper le cou. — C'est comme cela que je l'entends, repartit le colporteur. — Adieu, citoyen. Et il s'éloigna rapidement avec son compagnon. Bientôt ils arrivèrent chez l'ami de Durand, un fermier à quelques lieues de là; il fut décidé que l'inconnu, qui prit le nom d'André, travaillerait à la ferme et passerait pour un parent du fermier, récemment arrivé de son pays; Pierre retourna à Arcueil annoncer à la jeune femme que son mari était en sûreté. La mère Durand était au courant, le thème était tout prêt, et on résolut, pour aller au-devant des soupçons, de présenter la nouvelle Fanchette à quelques voisines. Pendant deux mois, tout alla assez bien. Pierre, de temps en temps, portait au mari des nouvelles de sa femme, et revenait ensuite tranquilliser sa nièce improvisée.

Un jour, Perrin, qui avait rencontré Pierre le matin de sa fuite avec l'inconnu, se prit de querelle avec un autre habitant du village. La querelle s'échauffa à ce point que Pierre, qui était présent, crut devoir se mettre entre eux. — Eh bien! Pierre, dit Perrin, je te prends pour juge. Il exposa l'affaire en contestation, il avait tort. Pierre le lui dit, et la querelle se termina ainsi; mais quand Durand rentra le soir chez sa mère, Perrin l'arrêta. — Pierre, lui dit-il, tu me le paieras. — Comment cela? — Oui, crois-tu donc que j'ai été ta dupe? et ce Robiquet avec qui je t'ai rencontré, cette nièce qui t'est tombée du ciel, crois-tu que ce soit de bon aloi, hein? — Bon, n'allez-vous pas à présent nier la parenté de ma nièce? — C'est bon, c'est bon, nous savons ce que nous savons. Quand le soir Pierre fit un tour dans le village, il vit des groupes de femmes qui s'étaient formés; on le montrait au doigt, on chuchotait et on semblait le fuir. Pierre rentra chez sa mère. — Madame, il faut fuir, dit-il à la fausse Fanchette. — O ciel! encore. — Demain peut-être il ne serait plus temps; j'ai fait une imprudence en me mêlant de ce qui ne me regardait pas, et vous pourriez la payer; apprêtez-vous, cette nuit nous partirons, et demain vous serez près de votre mari, avec qui vous aviserez à vous réfugier quelque part; ici vous ne seriez plus en sûreté. Il n'y avait pas à hésiter. Ils partirent tous deux, et Pierre était de retour chez sa mère avant le jour, avant qu'on se fût aperçu de sa fuite.

Il allait repartir, lorsqu'il vit entrer Perrin, accompagné de deux gendarmes. — Bonjour, Pierre, dit-il en entrant; je t'avais promis de mes nouvelles, en voici : où est ta nièce? — Elle est à son pays. — Depuis quand? fit Perrin. — Depuis deux jours. — Je l'ai vue hier. — Tu t'es trompé. — Nous allons voir ça. On commença dans la maison une minutieuse perquisition, qui n'amena nécessairement aucune découverte. Ah! l'oiseau est déniché, nous le retrouverons; en attendant, tu vas suivre ces Messieurs. — Moi! pourquoi donc? — On te le dira. Pierre embrassa sa vieille mère, qui jeta les hauts cris, pria, supplia, mais vainement. Pierre fut emmené et jeté en prison jusqu'à ce qu'on pût l'interroger et le juger. Mais la foule des prisonniers était grande, et, bien qu'on les expédiât vite, on ne pouvait tout faire en un jour. Sans doute aussi que le nom obscur de Pierre Durand n'éveilla l'attention de personne, mais il était encore en prison quand vint la chute de Robespierre. Durand fut délivré avec beaucoup d'autres et put aller embrasser sa mère. Quant aux fugitifs, sa mère lui apprit qu'ils avaient été obligés de quitter la ferme de leur ami et qu'on n'en avait plus entendu parler. — Sans doute, pensa Pierre, ils auront été repris, et, moins heureux que moi, ils n'auront pu échapper au bourreau.

Pierre reprit son commerce et l'exerçait encore vingt ans plus tard, lorsque vint la restauration. Pierre avait alors cinquante ans environ. Il était encore vigoureux et comptait faire son métier pendant quelques années encore; sa mère était morte, et, avec quelques économies qu'il avait faites, il espérait pouvoir se retirer et vivre tranquille dans sa petite maison.

Un jour, rentrant de course, il étalait aux yeux des femmes qui revenaient du lavoir quelques pièces d'étoffe dont elles voulaient s'arranger. Sur un banc, devant la porte d'une maison voisine, un homme à cheveux blancs et à l'air respectable causait avec quelqu'un du village. Celui-ci indiqua du doigt le colporteur. Le vieillard se leva et vint frapper sur l'épaule de Pierre. — Pierre Durand, ne me reconnaissez-vous pas? Pierre le regarda fixement. — Attendez donc... Non... mais... — Avez-vous oublié le 10 novembre 1793? — Quoi! c'est vous? — Moi-même, à qui vous avez sauvé la vie, ainsi qu'à ma pauvre femme. — Ah! ciel, est-il possible! je vous croyais bien mort! — Heureusement, non; nous avons pu trouver asile chez un de nos amis; puis, quand la tourmente s'est calmée, j'ai repris les affaires; mais aujourd'hui seulement j'ai pu vous retrouver, et je puis faire pour vous ce que vous me

demanderez; en attendant, venez avec moi, que ma femme
puisse voir son libérateur, et nos enfants celui à qui je dois la
vie. Pierre suivit le vieillard et bientôt se trouva au milieu
d'une famille qui le combla de remerciements. On lui offrit,
dans une propriété, une petite habitation où il put, dès ce
moment, se reposer vingt ans encore; il y coula d'heureux
jours au milieu des marques continuelles de la reconnaissance de cette famille; et, quand il mourut, on put voir toute
la famille suivre le convoi du pauvre colporteur.

Auguste AUVIAL.

MAZANIELLO

I.

Un prêtre por-
tant le saint viatique
longeait, en récitant
les prières des ago-
nisants, une des
rues les plus pauvres
de la petite ville
d'Amalfi, sur le
golfe de Salerne.
La foule se proster-
nait sur son passage
avec un saint re-
cueillement. Le prê-
tre s'arrêta devant
une maison de chétive apparence ; la porte s'ouvrit, et l'homme

7

de Dieu pénétra, suivi de quelques personnes pieuses, dans une chambre délabrée, où l'on ne remarquait que quelques vieux meubles accusant le plus extrême dénûment. Sur un grabat gisait une femme que la mort semblait prête à emporter, tant ses traits livides étaient empreints de souffrance. Lorsque le prêtre s'approcha pour accomplir les dernières cérémonies qui marquent le passage de la vie mortelle dans un monde meilleur, elle souleva ses paupières appesanties, fit un mouvement pour se mettre sur son séant, et, étendant le bras vers l'un des coins de la chambre où se tenaient, abîmés dans les pleurs, un jeune homme et une jeune fille, elle leur fit signe d'approcher. Ils se précipitèrent aussitôt près de son chevet, s'agenouillèrent en sanglotant, et restèrent ainsi à côté l'un de l'autre pendant tout le temps que dura la funèbre cérémonie. Lorsque le prêtre eut reçu la confession de la mourante, qu'il eut accompli sur son corps les onctions sacrées et prononcé les exhortations et les litanies d'usage, il se retira avec les témoins de cette triste scène, qui s'éloignèrent au milieu d'un silence religieux et solennel.

Le jeune homme pouvait avoir environ dix-huit ans ; de longs cheveux noirs ombrageaient son visage basané, sur lequel se révélait une singulière expression d'énergie ; ses yeux vifs et perçants, quoique voilés par les pleurs, lançaient des éclairs ; tout en lui décelait la force et le courage. Il se nommait Thomas Aniello ; c'était le frère de la jeune fille dont il tenait la main serrée dans la sienne. Cette dernière était d'une beauté remarquable : ses traits, qui dénonçaient une intelligence peu commune, respiraient une angélique douceur ; mais ils étaient en même temps empreints d'une mobilité extraordinaire, et semblaient refléter chacune des pensées qui surgissaient dans son âme. Hélas ! c'était là tout son langage, Fénella était

muette ; elle était moins âgée que son frère de quatre années.

— Aniello, dit la mourante, je te lègue ta sœur. Elle n'a
que toi pour appui dans le monde ; promets-moi de ne la point
abandonner.

— O ma mère ! répondit le jeune homme, soyez sans crainte.
J'en fais le serment.

— C'est bien ! mon fils.

Puis elle prit la main d'Aniello, l'unit à celle de Fenella, et
murmura une prière.

En ce moment, on frappa rudement à la porte de la
chambre. Aniello courut ouvrir, c'étaient des agents du fisc ;
ils s'élancèrent dans l'intérieur, et, sans égards pour la mourante, réclamèrent impérieusement quelques droits qui leur
étaient dus. En vain Aniello, leur montrant sa mère, les
supplia de ne point troubler de leurs réclamations ses derniers moments ; les satellites du vice-roi d'Espagne furent sans
pitié.

— Payez, dirent-ils, payez, ou nous allons immédiatement
faire vendre vos meubles à l'encan.

— La maladie de ma mère a absorbé jusqu'à notre dernière
obole, dit Aniello ; accordez-moi quelques jours de répit, et
je satisferai vos exigences.

— Non, non ! répliquèrent les Espagnols ; avec les gens
de votre sorte, nous n'avons point de ménagements à garder.

Alors ils firent enlever les misérables meubles qui garnissaient
la chambre. Quand cela fut fait, ils voulurent aussi s'emparer
de la couchette sur laquelle gisait la mourante. Déjà ils se dis-
posaient à soulever le misérable matelas où elle était étendue
pour le déposer avec elle à terre, quand Aniello indigné, furieux, s'élança au milieu d'eux et les repoussa avec force. Une

lutte s'engagea : alors la malade poussa un cri déchirant...
c'était le dernier.

Cette épouvantable scène avait hâté de quelques heures l'instant où elle devait rendre l'âme.

Aniello et Fenella se précipitèrent sur le corps inanimé de leur mère. A cette vue, la sacrilége audace des Espagnols s'arrêta ; mais cela ne dura qu'un moment : ils achevèrent leur horrible mission.

Quand ils sortirent, ne laissant dans cette chambre vide qu'une paillasse sur laquelle gisait un cadavre, emportant le grabat sur lequel venait d'expirer sa mère, Aniello se redressa soudain de toute sa hauteur en poussant un cri terrible.

— Malheur à vous, infâmes ! fit-il d'une voix tonnante, malheur à vous, qui ne respectez pas même les derniers moments d'une mourante ! O ma mère ! vous serez vengée !

II.

Six ans s'étaient écoulés. Thomas Aniello, que ses camarades désignaient le plus souvent sous le nom de Mazaniello, remplissait ponctuellement la promesse qu'il avait faite à sa mère de veiller sur Fenella, de l'entourer de sa constante protection. Il avait pour elle une affection profonde ; de son côté, Fenella l'aimait comme on aime Dieu. Mazaniello cumulait les fonctions de pêcheur avec celles de marchand de fruits et de légumes. Il allait vendre ses denrées à Naples : souvent, à son retour, il s'en allait avec sa sœur respirer l'air pur de la campagne, sur les bords de la mer ; et là, assis avec elle sous quelque frais ombrage, il la contemplait joyeux, cherchant à deviner ses moindres désirs. Cependant quelquefois aussi son visage était sombre ; Fenella en était effrayée. Alors il cherchait à lui faire comprendre que ses compatriotes avaient reçu quelque nouvel outrage de leurs oppresseurs. En effet, le joug de l'Espagne, depuis longtemps odieux aux Napolitains, était devenu plus insupportable encore sous le gouvernement du duc d'Arcos.

Mazaniello revenait un jour plus exaspéré que d'ordinaire. Le vice-roi avait frappé d'une taxe nouvelle les fruits et les légumes, principale nourriture du peuple pendant l'été. A son arrivée il trouva sa sœur inondée de larmes, et qui, tremblante, vint se jeter dans ses bras comme pour implorer sa protection ; il l'interrogea. Par ses signes, la jeune fille lui apprit que, profitant de son absence, des Espagnols s'étaient introduits chez lui et l'avaient insultée. Furieux, Mazaniello jura la ruine des tyrans qui opprimaient son pays.

— Un sourd mécontentement fermente dans la ville, s'écrie-t-il ; il ne faut qu'une étincelle pour faire éclater l'explosion. Eh bien ! oui, ce sera moi qui allumerai l'incendie qui les dévorera.

Le 17 juillet 1647 était un jour de fête. Les rues et les places publiques de Naples étaient encombrées de peuple. Tout à coup Mazaniello se présente, une corbeille de fruits sur la tête. L'employé du fisc s'avance.

— Holà, l'ami ! lui crie-t-il, on dirait que tu oublies qu'il y a un droit à payer.

— Viens le prélever, répond avec une rage concentrée le pêcheur.

L'Espagnol s'approche et saisit l'audacieux au collet. Mazaniello se débarrasse de sa corbeille, le repousse avec force ; une lutte s'engage.

— A moi ! s'écrie Mazaniello en tirant un poignard de sa ceinture et en frappant l'Espagnol ; à moi, mes amis ! Voici le jour de la vengeance ! A bas la tyrannie étrangère ! vivent l'indépendance et la liberté !

On connaissait Mazaniello ; quoique placé dans les derniers rangs, sa sauvage énergie, son éloquence véhémente avaient le don de remuer puissamment les masses. Il savait parler aux passions de la foule. Déjà plusieurs fois il avait tenté de résister à l'oppression; cette fois, le peuple ne fut point sourd à son appel, il vole à son secours, il se précipite sur ses pas, il se rue sur les bureaux de perception, qu'il livre aux flammes : ce n'est déjà plus une révolte, c'est une insurrection.

Cependant il faut un chef, il faut un homme qui consente à jouer sa tête dans le cas où le vice-roi parviendrait à comprimer l'élan populaire. Un seul cri s'élève.

— Que ce soit celui qui a commencé l'insurrection qui l'achève !

Mazaniello est proclamé chef suprême. Le duc d'Arcos est assiégé dans son palais, son autorité n'est plus reconnue. Il est obligé de capituler. Mazaniello seul dispose du pouvoir. Le roi en sarrau donne des ordres qui deviennent aussitôt des lois pour la multitude. Il ne sait pas écrire, il scelle ses décrets avec une plaque qu'il porte suspendue à son cou. Trois cent mille hommes s'arment à sa voix. Le duc d'Arcos est forcé de traiter avec lui comme avec son égal. Soixante palais sont réduits en cendre, pendant sept jours la terreur est dans la ville ; enfin on dépose les armes, les taxes sont abolies, la liberté reparaît.

Mazaniello avait vengé sa patrie, sa mère, sa sœur chérie, sa Fenella !

Pendant ce temps, que faisait la pauvre fille ? Cachée dans un coin du palais devenu la demeure de son frère, elle tremblait pour son bien-aimé Aniello. N'entendant rien, ne pouvant parler, elle ne pouvait iuger des événements qui se

passaient que par ce que ses yeux lui disaient. Il lui semblait
pourtant que le sang coulait avec trop d'abondance, qu'il était
temps que Mazaniello s'arrêtât. A la fin du septième jour,
comme l'on venait de déposer les armes, elle le vit revenir au
palais, haletant, couvert de sueur. Elle se précipite au-devant
de lui ; Mazaniello dépose sur son front un baiser et se laisse
tomber épuisé de fatigues sur un fauteuil. Fenella lui présente
alors une coupe pleine de vin. Tandis qu'il boit, elle aperçoit
un bouquet de fleurs sur une table ; elle le prend et court
joyeuse en faire respirer le parfum à son frère. Pauvre Fenella !
elle ignore que ces fleurs sont empoisonnées, qu'elle vient de
se rendre la complice involontaire de la vengeance des Espagnols. A peine Mazaniello a-t-il écarté de son visage ce fatal
bouquet, qu'il se lève, l'œil farouche, les traits bouleversés,
donnant tous les signes de la folie. Fenella, épouvantée, tombe
à ses genoux ; elle lève vers lui des mains suppliantes, mais il
la repousse du pied et s'élance hors de l'appartement. Il court
dans les rues d'un air égaré, il ne distingue plus ses partisans
de ses ennemis, la mort moissonne encore de nombreuses vic-
times. Puis à la fureur du pêcheur succède l'accablement ; il
verse des larmes solitaires... larmes qui ne se tarissent que
quand ses accès le reprennent avec une énergie toujours croissante. Le duc d'Arcos profite de sa démence, il suscite contre
lui l'indignation publique ; la foule brûle déjà de renverser
l'idole qu'elle-même vient d'élever. Mazaniello est forcé de fuir
du palais et de se réfugier dans le couvent des Carmes. Là, des
assassins apostés par le vice-roi le tuent à coups de fusil. Mazaniello mourut à vingt-quatre ans ; son règne avait duré dix
jours. La populace sévit contre son cadavre, lui prodiguant
l'insulte et l'outrage ; mais, toujours inconstante, elle ne tarda
pas à l'exhumer pour lui faire de magnifiques funérailles. Pen-

dant cette cérémonie, une jeune fille, en proie au plus violent désespoir, ne quitta pas d'un instant le cercueil qui contenait les membres mutilés du libérateur de Naples. Quand ils furent déposés dans leur dernier asile et que la foule se fut écoulée, Fenella, car c'était elle, demeura seule à l'endroit où gisaient les dépouilles de son frère bien-aimé ; puis, entourant de ses bras la croix de pierre qu'on avait placée sur sa tombe, elle resta ainsi immobile et comme inanimée. Le lendemain, on la retrouva dans la même posture. L'orpheline, privée de tout appui sur la terre, n'avait pu survivre à son cher Mazaniello, elle était morte.

ORTAIRE FOURNIER.

LE PÈRE GABRIEL

—

— Mes enfants, voici une invitation pour vous.

— Pour qui, maman?

— Pour vous tous.

— Mais de qui donc?

— D'Ernest Griselli.

— Oh! tant mieux! tant mieux! nous allons bien nous amuser!

— Un moment, un moment, il ne s'agit pas d'une partie de plaisir.

— Eh! quoi donc, maman? crièrent quatre petites voix ensemble.

— Écoutez, dit madame Frévolle en déployant une lettre qu'elle tenait à la main.

« Ernest Griselli prie ses bons amis Alfred, Antonin, Joan-
« nes, et mademoiselle Eugénie leur sœur, de vouloir bien as-
« sister au service funèbre qui sera célébré jeudi prochain à
« l'église de Saint-François, pour le repos de l'âme du père
« Gabriel. »

— Juste comme l'année passée, dit Joannes, le plus es-
piègle de tous; comme c'est gai ! Ma foi, j'aime mieux rester ici.

— Ce n'est pas bien, ce que vous dites là, Joannes; ce bon
Ernest qui vous aime tant et qui compte sur tous ses bons amis
pour honorer la mémoire de son bienfaiteur, de son vieux
père.

— Mais ce n'était pas son père, maman, ce père Gabriel,
dit Antonin.

— Comment! ce n'était pas son père, celui qui lui sauva la
vie au péril de ses jours, qui le chérit comme son propre fils,
l'éleva dans l'amour de Dieu et du prochain, et pleura tant
lorsqu'il fallut s'en séparer, que le chagrin le conduisit au
tombeau?

— C'est vrai, ça, maman, dit Eugénie.

— Oui, mes enfants, le bon homme mourut; vous voyez
donc que le vœu d'Ernest est un vœu dicté par la piété et la
reconnaissance; et l'enfant qui refuserait de venir joindre ses
prières aux siennes dans une solennité pareille, dénoterait un
cœur dur, ingrat, sans religion, sans amour pour ses parents.

On entendit des sanglots dans un coin de la salle; c'était
Joannes qui, sensible aux reproches de sa mère, pleurait à
chaudes larmes.

— Eh bien! Joannes, tu pleures! dit madame Frévolle avec

un ton de bonté qui augmenta la douleur de l'enfant; je n'ai pas voulu t'affliger à ce point; viens donc ici.

Joannès courut se jeter dans les bras de sa mère.

— Je ne savais pas tout ça, moi, dit-il en l'embrassant; j'irai, maman, je te le promets; et je prierai bien le bon Dieu pour le père Gabriel.

— Mais, maman, dit Alfred, l'aîné de tous, compte-nous donc cette histoire, je te prie.

— Volontiers; asseyez-vous là et écoutez bien.

Les enfants prirent chacun une chaise et se groupèrent autour de leur mère.

— M. Saïntard avait une fille qu'il maria à un négociant italien nommé Griselli; avec lequel il était en relations d'affaires. Après un assez long séjour chez son beau-père, Griselli retourna à Florence où il était établi, et emmena sa femme avec lui. Son commerce l'obligeait à de fréquents voyages sur toutes les côtes de la Méditerranée, en Sicile, en Grèce, en Espagne et même en Afrique. Il écrivait régulièrement à Émeline, qui aurait été bien inquiète si elle n'avait pas reçu des nouvelles de son mari. Une fois, pourtant, un mois se passa sans lettre, deux mois, trois mois; vous devez penser dans quelles transes mortelles était la pauvre femme, qui le savait exposé à tous les dangers de la mer. Enfin, une lettre arriva datée de Smyrne; Émeline frémit en voyant une écriture étrangère; quel malheur allait-elle apprendre? Elle hésitait à l'ouvrir : il fallut bien le faire, cependant. Oh! comme sa main tremblait en la décachetant! Elle n'y voyait pas, tant ses yeux se voilaient de larmes malgré elle. Elle ramassa tout son courage, s'essuya les yeux, les leva au ciel comme pour prier Dieu de ne pas l'abandonner, et lut ce qui suit :

« Madame, en arrivant dans cette ville, votre mari a été pris

« d'une fièvre ardente à laquelle il a succombé au bout de quel-
« ques jours..Voyant sa mort prochaine, il m'a fait demander
« et m'a chargé du triste message dont, hélas! je m'acquitte
« aujourd'hui. La douleur que je vous cause, Madame, est af-
« freuse, je le sais; et je la partage bien vivement, car Griselli
« était mon ami.

« DE GESLIN,

« Consul français à Smyrne. »

— Pauvre femme! dirent tous les enfants.

— Comme elle a dû souffrir! dit Eugénie. Et, du coin de
son mouchoir, la jeune fille essuyait une larme qui roulait sous
sa paupière.

— Je vous le laisse à penser, mes enfants; ce fut un coup
mortel pour elle. On craignit longtemps pour ses jours, mais
la vue de son fils la ranima. Ce petit ange, qui n'avait encore
que six mois, lui tendait les bras, et la mère se sentait renaître
à ses innocentes caresses. Elle se rétablit, mais le séjour de
Florence lui devint insupportable; chaque objet lui rappelait
la perte qu'elle avait faite. Elle résolut donc de quitter un pays
étranger où, seule avec ses poignants souvenirs, elle sentait
que le chagrin finirait par anéantir une vie qu'elle devait à
son enfant, et d'aller rejoindre son père en France. Elle s'oc-
cupa de régler les affaires de son mari, et trois mois après,
quand tout fut terminé, elle partit; mais, hélas! Dieu ne permit pas que ce voyage s'accomplît; ou plutôt, touché de ses
souffrances, voulut-il y mettre un terme en lui donnant dans
le ciel une place que ses vertus lui avaient acquise.

Ici, mes enfants, va commencer l'horrible catastrophe qui
l'enleva de ce monde. En traversant le mont Saint-Bernard,

qu'il faut passer pour aller d'Italie en France, elle fut assaillie par une de ces tourmentes qui, à certaines époques de l'année, règnent dans ces régions élevées, brisant tout, renversant tout, ensevelissant sous des monceaux de neige l'imprudent voyageur qui n'a pas eu le temps de se mettre à l'abri de leur furie. Quand elle entendit les vents hurler du haut de la montagne, l'infortunée Émeline se vit perdue. L'instinct maternel la fit penser à son enfant ; elle l'enveloppa dans son manteau, le serra entre ses bras ; après avoir baisé ses petites lèvres glacées, recommandant à Dieu son âme et la vie de son fils, elle ferma les yeux et attendit la mort. L'ouragan fondit sur elle et l'enleva comme un de ces flocons de neige qu'elle venait de voir tourbillonner dans les airs. Elle fut précipitée au fond d'un ravin ; sa tête se brisa sur les blocs de glace que le soleil ne fond jamais.

Eugénie jeta un cri : — Oh ! maman, c'est horrible ! Tous ces jeunes enfants pleuraient, la mère aussi pleurait avec eux.

— Et le pauvre petit ? dit Joannes.

— Cette prévoyance le sauva, le corps de sa mère le garantit du coup.

— Et que devint-il ? dit Alfred.

— Il existe en cet endroit une communauté habitée par des hommes courageux qui, ayant dit adieu au monde, ont consacré leur vie à secourir leurs semblables. Quand la tourmente est passée, ces moines, armés d'un bâton, vont à la recherche des voyageurs que l'orage à surpris, précédés de chiens forts, intelligents, et dressés avec une merveilleuse adresse à cet acte de charité. Ces animaux portent, attaché à leur cou, un petit sac de cuir roulé, dans lequel sont quelques médicaments et un flacon contenant un élixir cordial. Ils franchissent les rochers, descendent au fond des précipices que le pas de l'homme ne peut pas atteindre, pour chercher le malheureux que la violence de la tempête a jeté au loin ; quand ils l'ont trouvé, ils le ramènent, suspendu à leur gueule, ou couché sur leur dos. Alors, les moines qui les ont suivis en bravant mille fois la mort prennent la victime, lui administrent sur-le-champ les secours les plus indispensables ; et l'emportent à leur monastère. Combien ont dû la vie à ces bonnes saintes gens ! Ceux pour lesquels leurs soins sont sans effet, et qui succombent dans ces déserts sauvages, ils les ensevelissent.

C'est ainsi que l'infortunée Émeline fut recueillie par eux. Elle donnait encore signe de vie ; quatre de ces hommes l'enlevèrent. Le plus âgé marchait devant, emportant dans ses bras la pauvre petite créature.

Arrivés au monastère, Émeline ouvrit les yeux ; la chaleur l'avait un peu ranimée.

— Mon fils ! dit-elle en voyant son enfant plein de vie que les moines avaient placé sur son sein. Ce fut le dernier mot qu'elle prononça. Tristes adieux d'une mère mourante ! Elle expira. Tous les moines, agenouillés autour d'elle, accompagnaient de leurs prières cette âme pure qui regagnait le ciel. Le lendemain, ils creusèrent une fosse et la déposèrent dedans. Un papier était sur elle, le vieillard le lut. — Faible orphelin, dit-il en pressant l'enfant sur son cœur, je ne t'abandonnerai pas. C'était la lettre du consul de Smyrne.

— Oh ! le brave homme ! s'écria Joannès, que l'action du vieux moine transportait d'admiration.

— Oui, c'était un brave et digne homme, poursuivit madame Frévolle, qui remplit saintement jusqu'au bout la tâche qu'il s'était imposée.

L'enfant fut élevé dans le monastère. Dès qu'il sut prier, il venait tous les matins et tous les soirs s'agenouiller sur la tombe de sa mère, il priait pour elle et pour les bons moines qui lui avaient donné la sépulture.

Il avait six ans, lorsqu'un jour, qu'il était occupé de ce pieux devoir, il se sentit frapper doucement sur l'épaule. — Que fais-tu là, mon petit ami? lui dit un étranger qui s'était approché de lui sans qu'il l'eût entendu. — Je prie Dieu pour ma mère qui est là, lui répondit l'enfant en lui montrant la grosse pierre brute sur laquelle il était à genoux. L'inconnu, surpris de ces paroles, voulut en apprendre davantage. — Viens avec moi, lui dit-il. Il le prit par la main et entra dans le monastère. Le vieux moine lui fit alors le récit de la fin déplorable de l'infortunée Émeline. — Voilà tout ce que nous avons d'elle, lui dit-il en lui montrant la lettre qu'il avait trouvée dans ses habits. En voyant l'adresse, l'étranger pâlit. — Grand Dieu! s'écria-t-il. Cet étranger était le père d'Émeline, ce bon M. Saintard, que vous connaissez tous et qui, inquiet du long silence de sa fille, s'était décidé, malgré son grand âge, à aller en Italie.

— Comment, c'était M. Saintard, maman? dit Antonin.

— Oui, mes enfants.

— Et le pauvre petit, dit Alfred, c'était donc Ernest?

— Oui, c'était votre bon ami Ernest que son grand-père pressait sur son cœur. Le bon moine vit bien qu'il fallait se séparer de son cher enfant. Si vous aviez vu comme il pleurait, le pauvre homme! Viens avec nous, disait Ernest, tu ne nous quitteras plus! — Oh! non, répondit-il, pars, mon fils, pars; moi, je reste dans mon couvent.

M. Saintard lui promit que, toutes les années, ils viendraien, le voir : c'est ce qu'ils firent bien exactement. Il y a deux ans ils trouvèrent le père Gabriel à toute extrémité; il n'avait pu se faire à cette séparation, et le chagrin avait miné sa vie; il mourut dans leurs bras. La douleur d'Ernest fut bien vive. En quittant le monastère, il jura que pendant cinq ans, à pareille époque, il ferait dire une grand'messe pour le repos de l'âme de son bienfaiteur, qui lui avait dit en mourant : — Prie pour moi, mon fils, car j'ai péché.

— Nous irons, maman, nous irons, s'écrièrent à la fois les quatre enfants en se précipitant dans les bras de leur mère, et nous prierons du fond du cœur pour l'âme du père Gabriel.

— Bien, mes amis ! bien, dit madame Frévolle, qui couvrit de baisers leurs frais visages encore tout mouillés de larmes.

T. CASTELLAN.

LA BONNE FILLE

Une jeune fille, un carton sous le bras, descendait tristement la rue du Grand-Pont à Rouen. Son maintien était modeste, sa mise simple et proprette. De temps en temps elle portait son mouchoir à sa figure, comme pour dérober aux passants ses yeux gonflés de larmes. Arrivée à l'autre extrémité du pont de bateaux, le seul qui, à cette époque, servit de communication entre la ville et le faubourg de Saint-Sever, elle hésita un moment; puis, tournant à gauche, au lieu de suivre la grande rue qui menait directement à sa demeure, elle se dirigea vers le Cours, promenade fort belle, mais peu fréquentée, située sur la rive gauche de la Seine. Après quelques minutes de marche sous l'allée qui longe le bord de l'eau, elle s'assit sur un des bancs de pierre placés le distance en distance.

— Mon Dieu! mon Dieu! s'écria-t-elle, comment donc faire, si tout le monde me repousse?

En disant ces mots elle pencha sur ses mains sa jolie tête brune, et demeura ainsi immobile et silencieuse.

— Qu'avez-vous, mon enfant? dit tout à coup une voix à son oreille.

La jeune fille relève son visage baigné de larmes.

Celui qui l'interrogeait était un homme de soixante-dix ans environ. Ses vêtements noirs annonçaient une personne riche; sa figure vénérable inspirait à la fois le respect et la confiance, tant il y avait d'aménité dans son regard, de douceur dans ses traits.

— Pardon, Monsieur, lui dit-elle; mais je suis si malheureuse!

— Vous, mon enfant, à votre âge! qui peut donc causer votre malheur?

— C'est ma mère, Monsieur.

— C'est votre mère qui vous rend malheureuse?

— Oh! non pas, Monsieur; bien au contraire, ma mère me chérit: c'est elle qui a pris soin de mon enfance, car je n'avais plus de père; elle a toujours été si bonne pour moi, ma mère, que j'ai bien du chagrin de ne pouvoir rien faire pour elle aujourd'hui qu'elle est malade.

— Quel âge avez-vous, mon enfant?

— Quinze ans, Monsieur.

— Votre mère est malade, dites-vous?

— Oui, Monsieur.

— Est-elle âgée, votre mère?

— Cinquante-huit ans, Monsieur.

— Et vous n'êtes pas riches?

— Hélas! non, Monsieur : ma mère a une petite rente qui suffisait à nos besoins, mais maintenant elle est bien âgée; et quand je pense que ce sont les privations qu'elle est obligée de s'imposer qui l'ont réduite à l'état où elle est aujourd'hui, oh! Monsieur, cette pensée me déchire le cœur.

Vivement ému de la douleur de la jeune fille, dont les sanglots redoublaient, l'étranger s'assit à côté d'elle, prit une de ses mains, et, la serrant doucement dans les siennes :

— Calmez-vous, lui dit-il, vous êtes une bonne créature; Dieu ne vous abandonnera pas.

— C'est en lui que je mets tout mon espoir, Monsieur, car, moi je ne puis rien, tout le monde me repousse.

— Tout le monde vous repousse, dites-vous? Ce n'est pas croyable.

— C'est pourtant vrai, Monsieur.

— Comment cela, mon enfant?

— Ce matin, je suis sortie pour aller offrir ces broderies aux marchands de la ville; hélas! Monsieur, personne n'en a voulu.

— Pauvre enfant! et pourquoi êtes-vous ici?

— Je n'aurais pas voulu pour tout au monde que ma mère s'aperçût de mon chagrin. C'est pour cela que je suis venue ici, où, loin du monde et du bruit, j'ai pu pleurer tout à mon aise.

Mais maintenant je me sens soulagée, surtout depuis que je vous ai vu, Monsieur. Vous avez l'air si bon! Et cela fait tant de bien de conter ses peines à quelqu'un qui vous écoute!

En prononçant ces mots, la pauvre fille leva sur son nouvel

ami des regards où se peignaient toutes les angoisses de son âme.

—Allons, allons, du courage! lui dit l'étranger, écoutez-moi, et vous verrez qu'il ne faut jamais désespérer de l'avenir, surtout, mon enfant, quand on est jeune et bonne comme vous l'êtes.

L'intéressante enfant sécha ses yeux; le sourire reparut sur ses lèvres en entendant ces douces paroles.

—D'abord, mon enfant, continua le vieillard, montrez-moi les petits produits de votre travail.

Elle ouvrit son carton et en sortit une foule de jolis dessins brodés à l'aiguille, que l'étranger examina complaisamment l'un après l'autre.

—Ils sont charmants; voulez-vous me les confier? Je vais les envoyer à quelqu'un qui, j'en suis sûr, vous les prendra tous. Georges, fit-il en s'adressant à un domestique qu'Eugénie n'avait pas aperçu, prenez ce carton; et vous, ma jeune amie, croyez bien que je vous servirai autant qu'il sera en mon pouvoir de le faire.

—Merci, Monsieur, merci; comment vous exprimer ma reconnaissance?

—Vous ne m'en devez pas, mon enfant; ne suis-je pas payé au delà par le plaisir que vous me faites éprouver? Le ciel vous a bénie, car il vous a donné les traits et le cœur d'un ange. A propos, puisque nous aurons un compte à régler, il faut bien que je sache votre nom et votre adresse.

—Je me nomme Eugénie, Monsieur.

—Eugénie! c'est un fort joli nom, sans doute, mais cela ne me suffit pas.

—Nous demeurons rue Saint-Sever, au numéro 45.

—C'est fort bien encore; mais le nom de votre mère, il est indispensable que vous me le disiez.

—Madame de Joncourt.

—Madame de Joncourt! dites-vous?

—Oui, Monsieur; vous la connaissez?

—Je ne sais, mais ce nom réveille en moi des souvenirs. Dites-moi, votre père n'a-t-il pas servi?

—Oui, Monsieur.

—Il était capitaine, je crois?

—Oui, Monsieur, et le revenu de ma mère n'est autre que la pension que l'on accorde aux veuves des militaires morts sur le champ de bataille.

—Ainsi donc, il est mort? Pauvre Charles!

—C'est bien cela, Monsieur; il se nommait Charles: je ne l'ai jamais connu, moi, mais ma mère m'a répété ce nom tant de fois?

—Tenez, mon enfant, prenez cet argent, il vous appartient; ce n'est qu'un faible à-compte sur ce que j'emporte: retournez auprès de votre mère, à qui votre absence peut causer de l'inquiétude; continuez à lui prodiguer vos soins et votre tendresse, et croyez que bientôt vous recevrez la récompense due à votre dévouement et à votre piété filiale.

En disant ces mots, il glissa quelques pièces d'or dans le carton; puis il déposa un baiser sur le front de la jeune fille, qui prit toute joyeuse le chemin de sa demeure. Il la suivit des yeux jusqu'à ce que l'angle du quai l'eût dérobée à sa vue.

Eugénie était au comble du bonheur. Le produit de son travail n'allait-il pas amener un peu d'aisance dans son petit ménage?

Le surlendemain, un domestique se présente chez elle et lui remet un coffret en velours pensée avec ces mots brodés dessus en lettres d'or: « A Eugénie de Joncourt! » Elle ouvrit le coffret, il y avait un billet ainsi conçu: « Vos broderies sont

du meilleur goût, et je les garde. » Plus bas, chaque objet
était détaillé avec le prix. Le tout se montait à deux cents
francs, qu'elle trouva roulés dans un papier. Voilà donc déjà
les prédictions de son bienfaiteur qui commencent à s'accomplir.

Cependant cette prospérité ne lui fait pas perdre de vue
l'objet de sa constante sollicitude. L'hiver s'avançait à grands
pas ; Eugénie songe à se procurer les choses les plus nécessaires
pour garantir la pauvre malade contre le froid, qui paraissait
devoir être rigoureux cette année. Elle s'approvisionne donc
de bois, de charbon, fait emplette de bonnes couvertures,
achète de la laine bien fine, bien chaude ; et tous les matins
et tous les soirs, après sa prière, seule dans sa modeste cham-
brette, l'aimable enfant faisait des bas pour sa vieille mère.

Cette nouvelle tâche, dont elle s'acquittait avec un zèle vrai-
ment angélique, ne nuisait en rien au travail de la journée :
son ménage n'en était pas moins terminé de bonne heure ;
chaque jour son carton s'emplissait de broderies plus jolies,
plus gracieuses encore que les premières.

Un jour, le même domestique revint avec une lettre à son
adresse : « Suivez en toute confiance la personne qu'on vous
envoie, lui disait-on ; venez, on vous attend. »

Se doutant bien de qui lui venait ce message, Eugénie se
dispose sur-le-champ à se rendre à cette invitation ; elle prend
dans une armoire son châle à bordure, son chapeau de gros de
Naples bleu, met son carton sous son bras, et court prévenir
sa mère de sa sortie. Une voiture était à la porte.

— Montez, Mademoiselle, lui dit le domestique, j'ai ordre
de vous conduire.

A la voix du cocher, les chevaux s'élancèrent ; et après
avoir repassé le pont, l'équipage, qui, malgré la difficulté du

pavé, traversait rapidement les rues étroites et montueuses de la
ville, s'arrêta bientôt dans la cour d'un superbe hôtel.

— Où suis-je ? demanda la jeune fille à son guide, émer-
veillée de la richesse des appartements qu'elle venait de parcourir.

— Chez monseigneur l'archevêque.

—Monseigneur l'archevêque !

Au même instant, la porte d'une pièce voisine s'ouvrit. Que
devint la tremblante Eugénie en reconnaissant dans le saint
personnage qui s'avançait l'étranger du Cours !

— Monseigneur ! s'écria-t-elle.

Elle voulut se précipiter à ses pieds, mais le prélat la retint.

—Viens dans mes bras, lui dit-il ; laisse-moi presser sur
mon sein la fille de Berthe, de ma sœur bien-aimée.

—Que dites-vous, Monseigneur ?

— Oui, mon enfant, je suis ton oncle. La bonté de Dieu se
manifeste aujourd'hui pour moi, par le plus éclatant des bienfaits : je retrouve à la fois une sœur que j'ai longtemps pleurée,
et une nièce dont les vertus attireront sur ma tête blanchie
par les années les bénédictions du ciel. Mais, pour que rien
ne manque à ma félicité, va chercher ta mère, mon enfant,
va, et puissent les soins dont nous l'entourerons tous les deux
lui rendre le bonheur et la santé.

Eugénie embrassa son oncle pour toute la joie qu'elle éprou-
vait.

Un quart d'heure plus tard, elle était dans le faubourg
Saint-Sever, auprès de sa mère, disposant peu à peu son âme
à une si touchante entrevue. Malgré cela, cette reconnaissance
avec un frère qu'elle n'avait pas vu depuis plus de trente ans
faillit lui être fatale. A l'aspect de cette vénérable figure, la
pauvre malade, trop faible pour de telles émotions, s'évanouit.

Pourtant, cet évanouissement ne fut pas de longue durée. Elle revint bientôt à la vie.

— Alexis! s'écria-t-elle en se jetant dans les bras de son frère.

— Berthe, dit le vieillard, la tourmente révolutionnaire nous a séparés, un ange nous réunit. En même temps qu'il prononçait ces paroles, il attirait à lui Eugénie.

— Maintenant, ajouta-t-il en les pressant toutes deux sur son cœur, nous ne nous séparerons plus que pour nous réunir dans le ciel.

T. CASTELLAN.

Le Berceau des Adieux .

BERCEAU DES ADIEUX

I.

UNE LETTRE DE MADRAS.

Henriette Gédreuil n'avait encore que six ans, lorsque son père, banquier de Vienne, quitta l'Allemagne pour aller établir le siége de ses opérations en Sicile. Naturellement Henriette le suivit. A l'âge de dix-sept ans, elle épousa M. Cerroni, riche négociant du pays. Cinq ans après ce mariage, son père mourut. La douleur qu'elle ressentit de cette perte fut longue et cruelle; mais les gentillesses de son fils Réné, qui avait alors quatre ans,

les soins tout particuliers qu'exigeait la santé délicate de Pauline, sa fille, qui n'en avait que deux, et, par-dessus tout,
la tendresse profonde qu'elle portait à son mari, effacèrent
insensiblement ces douloureux souvenirs. Elle vivait donc heureuse au sein de sa petite famille ; touchée de la tendre sollicitude dont elle était l'objet, elle ne formait qu'un vœu : c'était
la continuation de cette félicité parfaite que le ciel semblait
prendre plaisir à répandre sur elle. Mais, hélas ! la plus éphé-
mère des choses d'ici-bas, c'est le bonheur ; au moindre souffle
de l'infortune, il s'évanouit, semblable à la vapeur légère que
disperse l'ouragan. Pauvre Henriette ! Pourtant ton âme est
pure comme l'aurore d'une belle matinée de printemps ; pourquoi donc le sort vient-il troubler ta paisible existence ?

M. Cerroni père, après vingt années de séjour à Madras,
considéré dans toute l'Inde par ses vastes relations commer-
ciales, jouissant de l'estime générale due à sa franchise, à
sa probité dans les affaires, était retourné en Europe, laissant
la majeure partie de l'immense fortune qu'il avait acquise
entre les mains de la personne à laquelle il avait abandonné la
suite de sa maison. C'était un jeune homme plein d'honneur
et de capacité, actif, intelligent, mais que l'ardeur entraînait
souvent au delà des limites de la prudence. Pourtant, tout jusqu'alors lui avait réussi. Après la mort de son père, Julio
Cerroni avait maintenu les dispositions que celui-ci avait éta-
blies. Ses rapports avec ce correspondant prirent tous les jours
une extension plus grande ; et il se reposait en toute confiance
sur son habileté justement reconnue, lorsqu'une lettre de
Madras vint ébranler cette bienheureuse sécurité.

Ce fut avec des larmes dans les yeux qu'il la communiqua
à sa femme, certain d'avance du coup qu'il allait lui porter,
car sa présence aux Indes orientales devenait indispensable. Ce

fut en effet un coup affreux. Jamais l'idée d'une séparation n'était venue à la pensée d'Henriette : mais leur fortune était menacée, l'avenir de leurs enfants compromis ; une impérieuse nécessité commandait ce départ, elle s'y résigna.

II.

L'ABSENCE.

Trois jours après, M. Cerroni voyait fuir devant lui les côtes de la Sicile ; le soir, elles lui apparaissaient encore à l'horizon, mais ce n'était plus qu'une ligne brumeuse qui se perdit bientôt dans l'ombre de la nuit.

Henriette demeura tout le jour assise sous le berceau témoin de leurs adieux, l'âme brisée par le désespoir, la vue constamment attachée sur la mer qui se déroulait devant elle, l'implorant du regard comme la divinité à qui elle confiait ses plus chères destinées. La nuit seule l'arracha à cette douloureuse contemplation.

— Mon Dieu ! dit-elle les yeux levés au ciel, prends pitié d'une pauvre femme !

De ce moment, le chagrin vint s'asseoir au seuil de cette demeure, jadis si riante, si fortunée.

Trois années s'écoulèrent ainsi. Les innocentes caresses de Réné et de Pauline ramenaient toujours le sourire sur les lèvres de leur mère, mais ne bannissaient pas la tristesse de son cœur.

Tout à coup une lettre de Madras arriva qui dissipa comme par enchantement la sombre mélancolie dont elle était dévorée. Dans les transports de sa joie, elle se rend au jardin, appelle

ses enfants. Réné! Pauline! criait-elle en se dirigeant vers le
berceau où trois ans auparavant elle avait tant pleuré, et qu'elle
avait nommé depuis le berceau des Adieux!

Réné et Pauline accoururent à sa voix. Elle les fait asseoir
à ses côtés, sur le banc de pierre ; puis s'adressant à Pauline :

— Dis-moi, Pauline, te rappelles-tu ton papa ?

— Oh! oui, maman.

— Mais, s'il arrivait, le reconnaîtrais-tu ?

— Ah! pour cela, je ne sais pas ; j'ai sept ans, c'est vrai,
mais il y a trois ans qu'il est parti, et, dame ! j'étais bien
jeune alors. Cependant, tu nous as fait si souvent son portrait
qu'il me semble le voir.

— Et toi, Réné, qui as deux ans de plus que ta sœur ?

— Oh! moi, j'ai toujours présent à ma pensée le jour
où il nous fit ses adieux : comme il était triste ! et comme
tu pleurais, toi, maman ! Va ! je n'oublierai jamais ce jour-là.

— Eh bien ! mes enfants ! nous le verrons bientôt.

— Est-ce qu'il va revenir ?

— Oui, mes amis.

— Oh! quand donc, maman ?

— Mais, d'après la lettre que je reçois aujourd'hui, il peut
arriver d'un instant à l'autre.

— Une lettre de papa ? oh! lis-nous-la, maman, je te prie.

— Volontiers. Écoutez : « Le navire qui te portera cette
« lettre ne mettra à la voile que huit jours seulement avant le
« *Jason*, sur lequel j'ai arrêté mon passage ; ainsi donc, quand
« tu la recevras, je serai bien près du port. La joie que
« j'éprouve à cette seule pensée est indicible. Juge donc : trois
« ans passés loin de vous ! Enfin, grâce à Dieu ! tout est ter-
« miné, et, qui plus est, heureusement. Si tu savais combien
« j'ai hâte d'embrasser Réné et Pauline, qui, j'en suis sûr,

« sont aujourd'hui de grands et gentils enfants, tu te sentirais
« prise de pitié pour moi, et tu aurais raison ; car maintenant
« que rien ne me retient plus, l'impatience me tue. Aussi, je
« ne demande à Dieu qu'une chose, c'est un bon vent qui me
« fasse franchir rapidement la distance qui me sépare de vous :
« je le bénirai du fond de mon âme s'il exauce mes vœux, dût-
« il m'envoyer la tempête. »

— La tempête ! s'écria la petite Pauline, que ce mot remplit d'effroi ; oh ! mon Dieu ! mon Dieu ! si mon papa allait
périr ! Puis, elle fondit en larmes comme si elle eût vu son
père englouti dans les flots.

— Allons, allons, ne pleure pas, lui dit sa mère en la prenant sur ses genoux, la colère de Dieu n'atteint que les mé-
chants, et ton père ne l'est pas.

Ce n'est pas sans peine qu'elle parvint à calmer la pauvre
enfant, qui se promit bien de prier tous les jours le bon Dieu
de lui conserver son papa.

Réné remarqua la pénible impression que venaient de pro-
duire les paroles de sa sœur.

— Ne va pas t'alarmer, au moins, dit-il en appuyant sur le
front de sa mère ses lèvres fraîches et pourprées, ne prends
pas garde à ce que dit Pauline, c'est une petite peureuse qui
s'effraie toujours.

La jeune mère secoua la tête comme pour chasser les
sombres pensées qui venaient l'assiéger.

— Je suis folle, dit-elle. Voyons, il est tard, il faut rentrer, mes enfants

La petite famille quitta le jardin, que les ombres commençaient à envahir. Après le souper, elle fit en commun la prière
habituelle du soir, à laquelle chacun ajouta mentalement quelques mots pour le voyageur.

— Sainte bonne Vierge, dit la petite Pauline, sauve mon papa de la tempête, pour qu'il puisse encore embrasser sa fille !

— Mon Dieu ! dit René, tu vois les angoisses de ma mère ; fais-les cesser, toi qui peux tout.

— O mon Dieu, dit la mère, prends pitié de ces deux innocentes créatures, qu'un même coup rendrait orphelins !

C'était à deux lieues de Palerme, dans une maison de campagne où Henriette s'était retirée pendant l'absence de son mari, que se passait cette intéressante scène entre une mère et ses deux enfants.

Cependant les jours se passaient, et M. Cerroni n'arrivait pas. Henriette était d'une inquiétude mortelle. Quoi qu'elle fît pour les oublier, ces effrayantes paroles de Pauline lui revenaient sans cesse à la pensée : « Si mon papa allait périr ! »

III.

LE RETOUR.

Un matin que, selon sa coutume, elle parcourait le journal de Naples, ses yeux s'arrêtèrent sur ces épouvantables lignes : « Hier, à six heures du soir, le *Jason*, venant de Madras, a « péri en vue de nos côtes ; la violence des vents était telle « qu'il a été impossible de lui porter secours, pas une des per- « sonnes qui étaient à bord n'a échappé à ce désastre. »

La malheureuse ne peut en lire davantage, elle jette un cri déchirant et tombe sur le plancher. On accourt, on la dépose sur son lit, où, jusqu'au lendemain, elle ne donna aucun signe de vie.

Quand elle ouvrit les yeux, le médecin était auprès d'elle ; Réné et Pauline, agenouillés de chaque côté de son chevet, sanglotaient à fendre l'âme. La vue de ces deux petits êtres ranima son courage : — Que deviendraient-ils sans moi ? se dit-elle. Cette pensée la sauva. Seulement, une profonde tristesse présidait à toutes ses actions ; elle recherchait la solitude, elle se retirait de préférence sous le *berceau des Adieux,* qu'elle avait fait entourer d'un épais rideau de feuillage. Ce lieu était devenu sacré pour tous, personne n'en approchait depuis qu'elle venait y méditer des journées entières. Un jour pourtant elle y conduisit ses enfants. Réné et Pauline ne purent retenir un cri de terreur en voyant s'élever, à la place de la riche corbeille de fleurs qui en garnissait jadis le milieu, un mausolée de marbre noir avec cette simple inscription en lettres d'argent : « A lui ! » Tous trois se prosternèrent devant ce monument de la douleur. Ils baissèrent leur front jusqu'à terre, priant Dieu, baignant l'herbe de leurs larmes.

Tout à coup, une voix retentit à l'entrée du sanctuaire ; la jeune femme se releva.

— Julio ! s'écria-t-elle ; elle tomba dans les bras de son mari.

C'était M. Cerroni : lui seul avait échappé à la mort ; il était parvenu à atteindre à la nage un rocher à fleur d'eau, où il passa la nuit exposé à la fureur des vagues. Le lendemain, une barque vint le recueillir. Transporté à Naples, il fut saisi d'une fièvre ardente qui fit longtemps craindre pour ses jours. Dieu ne permit pas qu'il succombât à ce nouveau danger. Dès qu'il fut rétabli, il s'embarqua pour Palerme, où il craignait que la nouvelle de sa mort ne l'eût précédé. Il était temps, Henriette, minée par la douleur, semblait prête à descendre dans la tombe. Le retour de Julio, semblable à la rosée bienfaisante, ranima cette fleur décolorée et lui rendit la fraîcheur et la vie.

— Et moi! et moi! s'écrièrent à la fois Réné et Pauline en tendant leurs joues encore humides aux embrassements de leur père, qui les dévora de baisers; tu ne partiras plus, n'est-ce pas, papa?

— Jamais, mes enfants! l'absence fait trop de mal.

— Oh! oui, murmura Henriette.

Le lendemain matin, le mausolée avait disparu; une riche corbeille, émaillée de mille couleurs, étalait aux rayons du soleil ses touffes odoriférantes; l'air était imprégné de parfums; le *berceau des Adieux*, dépouillé de son vêtement de deuil, avait repris sa parure de fête pour célébrer le retour du bonheur.

TONIN CASTELLAN.

CONTE DU GRAND-PAPA.

LA PÊCHE.

Plusieurs enfants réunis autour d'un vieillard interrogeaient son regard avec une attention inquiète. Ce jour même les pêcheurs d'un petit village de Normandie étaient partis dès le matin pour la pêche; et bien que le soleil eût quitté depuis quelques instants l'horizon, et que la ligne lumineuse que son passage avait laissée sur la mer commençât à s'éteindre dans les flots, personne n'était encore de retour. Plusieurs fois on était allé interroger la plage, mais elle restait silencieuse; pas une barque n'était venue annoncer le résultat de la journée, et l'agitation commençait à troubler la jeune assemblée.

— Mes enfants, leur dit enfin l'honnête vieillard, qui, paisiblement assis sous la vigne qui abritait sa chaumière, restait calme, parce qu'une longue expérience lui avait appris combien d'incidents peuvent retarder la pêche ; mes enfants, soyez sans inquiétude, nos pêcheurs sont habiles, le temps est calme ; ils auront voulu profiter de l'occasion ; et d'ailleurs, avec du courage, on se tire toujours d'affaire. Tenez, moi, la première fois que je suis allé seul à la mer, maître de ma barque, je suis resté deux jours absent, j'ai affronté bien des dangers, et cependant j'en suis revenu sain et sauf.

— Et aviez-vous fait bonne pêche, père Michel ? dirent ensemble les jeunes auditeurs.

— Pour la pêche, cette fois, il n'en fut guère question ; mais cependant la journée ne m'a pas moins profité. C'était, il y a environ cinquante ans, le jour de la première pêche de l'année, époque solennelle et importante que j'attendais avec une rare impatience. Le soleil s'était levé brillant comme aujourd'hui, le temps était magnifique, et j'allais enfin prendre part à ces expéditions aventureuses, pleines de dangers il est vrai, mais aussi de joies et d'espérances. Je n'étais plus un enfant, j'étais un homme désormais, si je réussissais dans cette épreuve décisive ; à mon tour je pourrais donc venir en aide à ma mère, à ma bonne sœur, et reconnaître tous les soins dont elles m'avaient entouré jusque-là. Aussi étais-je profondément ému : je désirais et redoutais en même temps le départ. Quand, avant de nous embarquer, nous nous rendîmes, la bannière du village déployée devant nous, à la chapelle de Notre-Dame-des-Pêcheurs, je vous promets que personne ne pria avec plus de ferveur la sainte Vierge, patronne des marins, et ne lui demanda avec plus d'ardeur que moi sa protection. Aussi encore à cette heure, lorsque je me rappelle comment cette journée si difficile se termina heureusement, je ne doute pas que la prière du pauvre pêcheur n'ait été exaucée. Enfin, le signal du départ se fit entendre, tous les bonnets se parèrent des rubans bénis pendant l'office, et l'on se dirigea vers le rivage. Pour moi, j'avais repris quelque confiance, j'étais alors jeune, alerte; mes bras maniaient vigoureusement l'aviron, mon œil était perçant, et comme un autre je pouvais compter sur le succès. Tandis que mes camarades me devançaient à la mer, je voulus rassurer ma mère et lui dire un dernier adieu; elle me retint près d'elle jusqu'au dernier moment, m'adressant encore de nombreux avis, de prudentes recommandations. Enfin je partis. Quand j'arrivai sur le rivage, les voiles fuyaient de toute leur vitesse à l'horizon. Je n'avais pas un instant à perdre pour les rejoindre. Je détache donc ma barque, je saute dedans, et j'allais donner le premier coup de rame, quand tout à coup un homme pâle, défait, les vêtements en désordre, paraît sur la plage, et de loin s'adressant à moi : « Arrêtez ! arrêtez ! » dit-il. Mon bras resta suspendu, et tandis que je le regardais d'un œil étonné : « Vous êtes jeune, vous devez être honnête, généreux, ajouta-t-il ; eh bien, si vous ne venez à mon aide, je suis un homme perdu, déshonoré ! » A ces mots, je m'élançai vers lui en m'écriant : — Grand Dieu ! qu'avez-vous fait ? que vous faut-il ?

— Écoutez, me dit ce malheureux, qui tout en me parlant pouvait à peine retenir ses larmes, je ne puis rien vous expliquer ; il faut que vous ayez confiance en moi ; mais, devant Dieu qui nous entend (et à cette parole il éleva sa main vers le ciel), je vous jure que je suis innocent, que ma conscience n'a rien à me reprocher. On me poursuit injustement; par ce qu'on

a donné mon nom, mon signalement, et cependant il faut que
je quitte la France, que je passe sans délai en Angleterre. Je ne
puis entrer dans aucune ville, me présenter à aucun capitaine
des vaisseaux qui traversent la Manche. Voulez-vous me conduire en Angleterre? il y va de mon honneur, de ma vie!

— Je suis prêt, lui répondis-je ; partons !

Il s'avança vers ma barque ; puis, s'arrêtant tout d'un coup :
« Tenez, dit-il avec tristesse en tirant une bague de son doigt,
voici tout ce qui me reste ; je ne veux pas vous tromper. —
Non, Monsieur, fis-je en repoussant le bijou qu'il me présen-
tait, vous me semblez en avoir plus besoin que moi. Si vous
m'avez dit la vérité, si j'ai sauvé un honnête homme, je serai
assez récompensé ; si, au contraire, vous vous êtes joué de moi,
je ne voudrais pas de votre or ; il me porterait malheur. »

L'inconnu me serra la main, et nous partîmes. Ce fut une
rude besogne que cette traversée. La mer était forte, et chaque
vague menaçait presque de nous engloutir. Il me fallut des bras
vigoureux ; et encore n'avancions-nous que lentement. Mon
compagnon, paraissant vivement préoccupé, se tenait silencieux à l'une des extrémités de notre frêle embarcation. La
journée se passa ainsi. Vers le soir, nous fîmes un instant de
halte pour rompre un morceau de pain et boire une gorgée de
rhum ; mon compagnon, épuisé, en avait surtout besoin. C'é-
tait presque déjà un vieillard, d'une physionomie bienveillante,
dont le calme habituel était en cet instant altéré par les soucis
et la fatigue ; depuis douze heures il n'avait pas mangé. La nuit
surtout fut pénible. Quoique le vent nous fût favorable, je
n'avançais que lentement, allant parfois au hasard quand le
ciel se couvrait, et qu'il me devenait impossible d'essayer de
découvrir la terre au loin ou de me diriger à l'aide des étoiles.
Un moment je crus que nous étions perdus : le vent soufflait

avec violence ; les vagues qui s'élevaient autour de nous nous ballottaient sans que nous pussions résister. Mes bras abandonnèrent les rames avec découragement, et je me recommandai à Dieu. Cette courte prière ranima mes forces : je repris mes avirons, et je ramai courageusement. Le vent enflait ma voile ; et après bien des efforts nous abordâmes à la côte de Douvres.

— Vous êtes en Angleterre, dis-je à l'inconnu.

A cette parole, son œil éteint se ranima ; il me serra dans ses bras en s'écriant : « Merci, jeune homme ; si Dieu maintenant me protége, je suis sauvé ! » Puis, avant de me quitter, il me demanda mon nom, celui du village que j'habitais, et s'éloigna, non sans me faire un geste expressif d'adieu. Resté seul, je m'occupai du retour, qui se fit assez rapidement ; de telle sorte que j'arrivai en France au milieu de la nuit, le lendemain du jour où je l'avais quittée si précipitamment. C'est seulement alors que je songeai à ma mère, que j'avais abandonnée, sans la prévenir, à ses inquiétudes, à sa douleur, quand elle ne m'aurait pas vu revenir de la pêche avec mes camarades. J'amarrai en hâte ma barque, et, sans plus tarder, je me dirigeai vers le village. Tout était calme, sombre ; chacun se reposait des travaux de la journée. Une fenêtre cependant, celle de ma chaumière, était éclairée ; ma mère, assise à l'angle de la cheminée, versait des larmes, tandis que ma sœur lui lisait une page de la Bible. Au premier coup que je frappai, toutes deux se levèrent, et bientôt nous fûmes dans les bras l'un de l'autre, tout entiers à la joie de nous revoir. Ma mère cependant allait m'adresser des reproches sur cette longue et cruelle absence, quand je lui racontai ce qui m'avait obligé de manquer à la pêche et au rendez-vous du soir.

— Tu as sauvé un malheureux, mon brave Michel ! alors

plus de larmes, plus de regrets ; mieux vaut une bonne action qu'un grand profit.

Il fallait cependant réparer le temps perdu, soutenir notre modeste ménage. Mais j'avais des amis ; à leur tour ils vinrent à mon secours. Je travaillai un peu plus ; j'étais le premier à la mer, et je la quittais le dernier. Enfin je pense que le Ciel voulut me récompenser ; car tout me réussissait, tout me profitait si bien, qu'en peu de temps j'avais pourvu aux plus pressantes nécessités et presque amené l'abondance dans notre maison.

Trois mois s'étaient écoulés, j'avais à peu près oublié mon aventure et ma traversée précipitée, quand, un matin, je reçus un paquet contenant une assez forte somme, à laquelle était jointe une lettre. Le vieillard alors tirant un portefeuille de sa poche, prit une lettre, dont les angles usés, le papier froissé et sali, prouvaient qu'elle avait été souvent relue.

Elle était ainsi conçue, dit-il :

« Mon brave Michel, mon bienfaiteur,

« Je suis négociant ; depuis longtemps mon nom était connu et honoré. Pendant une absence, mon caissier s'était enfui avec la plus grande partie de ma fortune. Le lendemain, je ne pouvais plus payer les billets que j'avais souscrits, et, comme le misérable qui m'avait volé avait toujours eu ma confiance, on me soupçonna d'être d'accord avec lui. On prononça le mot de banqueroute frauduleuse, on mit tous mes biens sous les scellés, et comme ma ruine entraînait celle de nombreux intéressés, on résolut de m'emprisonner. Que pouvais-je faire ? subir mon sort avec désespoir. Je m'y résignais, quand j'appris que mon caissier s'était réfugié à Londres. De suite je me déci-

dai à partir. Mais quand on sut que je voulais quitter Rouen,
les soupçons augmentèrent. A l'instant où je fuyais comme un
coupable, des soldats, des hommes de justice se présentaient
chez moi : je ne réussis à leur échapper qu'en franchissant en
toute hâte et comme un malfaiteur le mur d'un jardin qui de
la maison que j'habitais communiquait à la campagne. Je mar-
chai toute la nuit sans prendre un seul iustant de repos, sans
oser m'arrêter, ignorant ce que je ferais et même où j'irais ;
car j'étais signalé dans tous les ports ; on savait que je voulais
passer en Angleterre, et aucun capitaine n'aurait consenti à
me recevoir sur son vaisseau. Irrésolu, j'errais depuis deux
jours sur la côte, quand je vous rencontrai. Vous avez eu confiance en moi, et vous m'avez sauvé. J'ai retrouvé à Londres
mon caissier infidèle ; il avait encore les fonds qu'il m'avait
dérobés. J'ai pu faire honneur à mes affaires et rentrer, la
tête haute, dans la ville qui m'avait proscrit. C'est à vous que
je dois l'estime et la fortune que j'ai retrouvées ; acceptez donc
un témoignage de ma reconnaissance et de mon amitié. »

— J'hésitais cependant, continua Michel ; mais quelques
jours plus tard cet homme excellent était chez moi, me trai-
tant comme un fils bien-aimé, et m'obligeant de recevoir une
somme qui dépassait de beaucoup le service que je lui avais
rendu. Depuis, chaque année il revint passer avec nous...

Tout à coup le vieillard s'interrompit et dit avec quelque
agitation :

— Eh quoi ! pas encore de retour !

En effet, les heures s'étaient écoulées, la nuit avait couvert
le village de ses épaisses ténèbres et pas une barque n'avait
paru. Durant son récit, le conteur, cédant aux craintes qu'il
avait voulu calmer parmi ses auditeurs, s'était arrêté plusieurs
fois, prêtant une oreille attentive aux bruits lointains de la mer

sans qu'aucun signal vînt le rassurer. Il ne pouvait plus maî-
triser son inquiétude, quand la lueur des flambeaux dissipant
l'obscurité et de joyeux cris partant du rivage annoncèrent le
retour des pêcheurs et le succès de leur expédition.

L. MICHELANT.

LA CHEVELURE D'OR.

Au fond d'un galetas où le vent siffle de tous côtés, sur un monceau de paille menue et qui n'a pas été renouvelée depuis longtemps, est étendue une femme jeune encore, et qui paraît en proie à de vives souffrances. On était au cœur de l'hiver; il faisait un froid terrible, et pourtant l'on n'apercevait pas dans ce misérable réduit la plus légère parcelle de feu! Cette femme souffrait doublement, car elle était mère! Auprès d'elle était agenouillée une

charmante enfant, une petite fille aux yeux bleus, au regard
limpide et doux, à la blonde chevelure, dont les boucles
naturelles tombaient en longs anneaux sur ses épaules et couvraient son cou. D'une main elle essuyait ses larmes, de l'autre
elle caressait sa mère et semblait vouloir la réchauffer. Elle
pouvait avoir dix ans, mais les privations et le malheur lui
avaient donné un courage et une raison qu'on ne rencontre
pas d'ordinaire chez les enfants heureux du même âge.

— O ma mère! disait-elle en couvrant de baisers les mains
et le front de la pauvre malade, qu'avons-nous fait au bon
Dieu pour qu'il nous traite ainsi?

— Sèche tes pleurs, ma Louise; aie confiance en lui, sa
bonté est infinie comme sa puissance.

— Si je n'étais pas une faible enfant, reprit Louise, si j'a-
vais dans mes bras la force de travailler, comme j'en ai la volonté dans mon cœur, oh! notre misère serait moins grande.
Le besoin n'assiégerait plus notre pauvre grenier, tu revien-
drais à la santé, ma mère. Ah! je me souviens d'un temps où
nous étions plus heureuses, continua-t-elle; oui, il y a bien
longtemps déjà, j'étais toute petite. Nous étions alors dans
une vaste et magnifique maison; nous avions des meubles riches et splendides, des voitures, des laquais, de nombreux domestiques toujours empressés à nous servir; j'avais de beaux
habits, des bijoux; ma bonne me conduisait alors sur les promenades publiques, aux Tuileries, aux Champs-Élysées, et là
tous mes caprices d'enfant étaient satisfaits. Lorsque nous re-
venions à la maison, vous étiez toujours gaie, toujours heureuse; j'y retrouvais vos caresses et celles de mon père, car il
était alors auprès de nous pour nous aimer. Tout cela n'est
pourtant par un rêve, nous avons été riches et fortunés;
n'est-ce pas, ma mère?

— Hélas! oui, mon enfant, murmura la malade.

— Que sont donc devenues nos richesses et notre fortune?
qu'est devenu mon père?-il n'est pas mort, car vous m'avez
dit que vous pensiez qu'il existait encore. Nous aurait-il abandonnées?

— Non, mon enfant, le bonheur que tu te rappelles n'est
pas un vain rêve; il a existé. Dieu, de qui il ne nous est pas
donné d'approfondir les desseins, a soufflé dessus et l'a fait
évanouir; mais ton père ne nous a pas abandonnées, il est
toujours demeuré digne de ton amour et de ta vénération : s'il
n'est pas au milieu de nous pour soulager ou partager nos
douleurs, c'est que la mort l'a enlevé de ce monde, ou que des
obstacles que sa volonté ne peut franchir l'enchaînent sur
quelque terre étrangère. Il était, il y a cinq ans, l'un des ban-
quiers les plus riches de la capitale; des relations très-actives
avaient lieu entre sa maison et les banques de différentes villes
des États-Unis; pendant longtemps, ces transactions répétées ne
firent qu'accroître sa fortune. Nous étions heureux. Tout à coup,
le commerce des États-Unis fut bouleversé, les banques firent
perdre des sommes incalculables aux maisons qui avaient fourni
de l'argent pour elles. La fortune de ton père fut engloutie
dans ces désastres; les personnes auxquelles il devait le tra-
quèrent comme on traque une bête fauve dans la forêt : elles
le menacèrent, s'il ne payait pas sur-le-champ, de poursuites
déshonorantes; ton père, pour satisfaire à leurs exigences, se
défit de tout ce qu'il possédait, terres, maisons, meubles même.
Et moi, ma fille, pour l'honneur de notre nom, je l'autorisai
à vendre ce qui était à moi, ce que j'avais le droit de garder
pour toi. Tous nos créanciers furent payés, mais nous étions
dans la misère. Ton père pensa que s'il se rendait lui-même
aux États-Unis, il pourrait récupérer quelques-unes des sommes

qui lui étaient dues ; je l'encourageai moi-même dans ce projet,
car il offrait des chances de succès. Il fit deux parts du peu
d'argent qui lui restait ; il m'en laissa une, et avec l'autre il
partit pour New-York. Pendant deux ans, je reçus de temps à
autre des lettres de lui qui me tenaient au courant de ses démarches ; mais depuis deux ans et demi, j'attends vainement
de ses nouvelles. L'argent qu'il m'avait laissé nous a nourries
pendant quelque temps, puis j'ai été forcée, pour subvenir à
nos besoins, de vendre l'un après l'autre les quelques meubles
que je possédais encore : pour surcroît de malheur, mes forces
m'ont trahie ; je suis tombée malade, il ne m'a plus été possible de travailler. Voilà, ma Louise, la cause de notre détresse, voilà l'histoire de notre infortune. O ma fille ! prions
Dieu pour qu'il nous protége, nous avons mangé aujourd'hui
notre dernier morceau de pain.

La pauvre femme ne put alors étouffer ses sanglots ; elle prit
son enfant dans ses bras, la pressa convulsivement sur son
cœur, l'inonda de baisers. Puis, comme égarée par la fièvre,
elle se prit à sourire, et, passant ses doigts amaigris dans la
longue chevelure de Louise, elle dit : — O ma fille chérie, ma
seule consolation, mon unique joie ! ô mon ange à la chevelure d'or ! non, c'est impossible, nous ne pouvons pas rester
ainsi malheureuses, notre sort changera bientôt : oui, ma
Louise, oui, nous partirons ensemble pour le ciel, Dieu nous
y transportera pour nous récompenser de nos maux.

Bientôt elle s'endormit d'un sommeil assez profond. Alors
la jeune fille, déposant silencieusement un baiser sur son front,
sortit. Lorsqu'elle fut dans la rue, elle se prit à fondre en
larmes et s'assit ou plutôt se laissa tomber sur une borne comme
affaissée par la douleur. Elle resta quelques instants dans cette
position en sanglotant, puis elle se releva subitement et se mit

à marcher d'un pas précipité. Un homme était debout sur le seuil d'une boutique; elle s'arrêta devant lui, et, rouge de honte, détournant son gracieux visage tout baigné de larmes, elle tendit la main en murmurant quelques mots inintelligibles. Frappé de la beauté extraordinaire de la chevelure de cette enfant, l'individu auquel elle s'adressait, et qui était perruquier, lui dit :

— Tu demandes de l'argent, ma petite?

— Oh ! Monsieur, ma mère se meurt, et nous n'avons pas de pain.

— Quand on fait l'aumône on ne donne presque rien ; tu seras obligée de recommencer demain, aujourd'hui même, à implorer la charité des passants : eh bien ! si tu le veux, je te donnerai beaucoup d'argent ; tu pourras faire soigner ta mère, je te donnerai vingt francs.

— Vingt francs ! oh! dites, dites, que faut-il faire?

— Il faut me laisser couper tes cheveux et me les abandonner.

— Ce n'est que cela? s'écria Louise; oh ! coupez-les donc tout de suite, tout de suite, Monsieur.

Le perruquier ne se le fit pas répéter, il fit entrer l'enfant dans sa boutique. Déjà Louise était assise, tendant sa jolie tête blonde aux terribles ciseaux ; déjà le perruquier allait commencer son office, quand un monsieur, d'une quarantaine d'années et tout habillé de noir, sortit de l'arrière-boutique : le coiffeur courut au-devant de lui avec les marques de la plus grande déférence.

— Ce ne sera rien, dit ce monsieur (il était médecin) ; votre petit bonhomme a pris froid, c'est un gros rhume. Du repos, de la tisane, de la chaleur feront disparaître en quelques jours cette légère indisposition. Mais que fait là cette petite? ajouta-t-il en désignant Louise ; je crois, Dieu me pardonne ! que vous vous disposez à lui couper les cheveux. Voilà ce qu'en ma qualité de médecin je ne permettrai pas. En sortant de chez vous, le froid la saisira, elle peut tomber malade.

— Oh ! non, Monsieur, s'écria avec feu Louise ; oh ! non, cela ne m'occasionnera aucun mal : coupez mes cheveux, monsieur le perruquier, je vous en prie, chaque instant de retard ajoute encore aux souffrances de ma mère.

— Que veut-elle dire ? demanda le médecin au perruquier.

— Je n'en sais trop rien, reprit celui-ci ; tout à l'heure, comme j'étais sur le seuil de ma boutique, elle m'a timidement tendu la main en me disant que sa mère mourait de faim. Frappé de la beauté de ses cheveux, je lui ai offert un louis si elle voulait en faire le sacrifice ; à ma proposition, elle a poussé un cri de joie et s'est élancée dans ma boutique : voilà tout ce que je sais.

Pressée de questions, Louise eut bientôt raconté dans quelle épouvantable position se trouvait sa mère. Profondément ému à ce récit, le médecin prit l'enfant par la main et lui dit de le conduire à sa demeure. Elle obéit avec empressement. Un escalier sombre et tortueux les conduisit au galetas où gisait la malade. En voyant Louise et le médecin, elle poussa un cri.

— Rassurez-vous, Madame, lui dit doucement M. D..., je viens pour vous soulager, je suis médecin : j'ai rencontré chez un perruquier votre enfant, qui avait vendu sa chevelure ; je me suis opposé à son généreux sacrifice, mais son dévouement n'aura pas été perdu. Tranquillisez-vous ; jusqu'à votre entier rétablissement, vous ne manquerez plus de rien, vous et votre petite Louise.

En disant ces mots, M. D... écrivit au crayon une ordonnance pour la malade, remit à Louise vingt francs, le prix de sa chevelure, et sortit en annonçant qu'il reviendrait le lendemain. Il fut fidèle à sa parole. Bientôt il n'ignora plus rien des malheurs de madame Ferry (c'est le nom de la malade) ; il en parla à sa femme, qui voulut à son tour visiter cette infortunée et sa charmante enfant. Mais que devint-elle lorsqu'elle reconnut en elle une ancienne amie de pension ? Elle ne voulut pas qu'elle restât plus longtemps dans son galetas ; elle la fit transporter chez elle. Madame Ferry, environnée de soins, ne craignant plus pour sa fille les angoisses de la faim, ne tarda pas à entrer en convalescence. M. D... lui ordonna, pour achever son rétablissement, d'aller passer quelque temps à la campagne ; la femme du docteur, son amie, voulut la conduire elle-même dans une propriété qui lui appartenait. Je ne chercherai point à vous peindre la reconnaissance de Louise et de sa mère ; M. et madame D... étaient pour elles des divinités qu'elles adoraient presque à l'égal de Dieu. Cependant, aucune démarche ne fut négligée par le bon docteur pour parvenir à découvrir ce qu'était devenu M. Ferry. Il avait écrit à New-York, et sa lettre était restée sans réponse. Huit mois s'écoulèrent ainsi. Madame Ferry était entièrement remise ; elle était assise avec Louise sur un canapé ; elle baisait les cheveux de son enfant, cette chevelure d'or, comme elle l'appelait, qui avait servi à les sauver du désespoir. M. et madame D... vinrent se placer à côté d'elle ; leur figure était rayonnante.

— Nous avons de bonnes nouvelles à vous apprendre, dirent-ils. Votre mari existe encore.

— O mon Dieu ! je vous remercie, s'écria la tendre femme en joignant les mains.

— Il vit et il est riche, et il va revenir !

Madame Ferry pâlit, l'émotion était trop forte.

— Ma mère! s'écria Louise, ma bonne mère! oh! reviens à toi, car, ce que nous apprenons-là, c'est du bonheur.

— Oh! oui, ma fille, du bonheur, mais un bonheur si grand, si immense, que si je pâlis c'est de la crainte qu'il ne soit qu'une chimère.

— Non, non, ce n'est pas une chimère, s'écria M. Ferry, qui, caché dans la pièce à côté, avait tout entendu, et qui, entrant brusquement, se précipita aux genoux de sa femme; c'est la réalité.

Madame Ferry ne pouvait croire à sa félicité; elle pressait son mari dans ses bras, le couvrait de baisers et de larmes; puis, suspendant Louise à son cou : — Embrasse-la bien, mon ami, dit-elle; sans elle, tu ne m'aurais pas retrouvée vivante; oh! oui, je serais morte, sans mon ange à la chevelure d'or.

ORTAIRE FOURNIER.

UNE FILLE D'ÈVE

I.

SINGULIÈRE MANIÈRE DE DEMANDER L'AUMÔNE.

Un soir du mois de décembre 1730, un jeune homme de dix-sept ans, le jeune vicomte de Rouaillac, revenait de province, où il était allé faire une visite à une de ses parentes, lorsqu'en arrivant à Villejuif, près de Paris, sa chaise de poste cassa. Bien que le froid fût excessif, il descendit; et, laissant l'abbé Larivière, son précepteur, veiller au raccommodage de sa chaise, il se mit à explo-

13

rer les environs de la poste royale; il avait à peine fait une
cinquantaine de pas, qu'il se vit accoster par un individu dont
l'obscurité l'empêchait de distinguer les traits.

— J'ai faim, Monsieur! lui dit cet individu d'une voix si
sombre et si jeune en même temps, que le vicomte, qui s'était
d'abord reculé, se rapprocha précipitamment.

— Je n'ai pas soupé, Monsieur, répondit-il; faites-moi
l'honneur de me suivre à l'auberge et de partager mon repas.

— C'est que... dit l'inconnu en hésitant... je ne suis pas
seul!

— Votre père, peut-être? car, malgré l'obscurité, le vicomte commençait à distinguer l'extrême jeunesse de celui qui
lui parlait; c'était presque un enfant; seize ans tout au plus.

— Ma sœur!... dit l'inconnu baissant encore davantage la
voix.

— Où est-elle?... où est-elle? dit le vicomte avec empressement; oh! que je suis heureux que le hasard m'ait fait vous
rencontrer...

— Oh! oui, dit l'inconnu d'un accent si triste qu'il alla
jusqu'à l'âme du voyageur... car ce mot affreux que je vous ai
dit, Monsieur, voilà la troisième fois que je le disais ce soir...
et ma sœur et moi nous serions morts, morts tous les deux, en
touchant au port, comme disait mon pauvre père.

— Vous me direz cela en soupant... dit le vicomte, qui
s'arrêta pendant que le jeune inconnu alla frapper non loin de
là à une maison de triste apparence. Il revint un moment après,
amenant avec lui une jeune fille de quinze ans se soutenant à
peine; elle paraissait mourante. Tous les deux suivirent le
vicomte à l'hôtel des Postes. Le souper était prêt, et l'abbé
Larivière ne fut point étonné de le voir en pareille compagnie,
habitué qu'il était à la charité toute chrétienne de son élève.

Voici ce que l'inconnu dit en soupant : — Il y a vingt ans que mon père, en faisant une promenade sur la mer à Marseille, a été pris par les Algériens et vendu comme esclave. Comme ce jour-là il y eut une grande tempête pendant laquelle plusieurs barques périrent, il ne serait pas étonnant qu'on eût cru alors mon père mort. Il l'est aujourd'hui, ajouta le jeune inconnu les yeux humides et la voix émue ; il s'était marié là-bas : ma mère est morte en donnant le jour à ma sœur ; alors mon père ne travailla plus que pour notre liberté... Hélas ! Monsieur, le jour où il put nous racheter, il tomba malade et mourut. — Mais vous êtes libres, mes enfants, nous dit-il ; partez pour la France, pour Paris ; rendez-vous à l'adresse de cette lettre, et ne l'ouvrez qu'en présence de cet ami dont je me rappelle encore le nom. Alors seulement vous saurez qui vous êtes. En disant ces mots, l'inconnu tira une grande lettre de son sein et la présenta à l'abbé, qui dit en lisant l'adresse :

— Monsieur Manté ? c'est le notaire de votre famille, vicomte.

— Voilà pourquoi je vous disais, répliqua l'inconnu, que nous touchions au port... et que sans vous la faim, le manque de subsistance nous aurait fait succomber au moment d'y arriver.

— Mon cher abbé, dit le vicomte, notre chaise est assez large...

— Je vous comprends, mon cher enfant, interrompit l'abbé ; nous mènerons ces enfants à Paris, je les conduirai moi-même chez M° Manté : c'est dit.

Dans ce moment le postillon étant venu annoncer que la chaise était prête et tout attelée, les quatre voyageurs reprirent tous ensemble la route de Paris.

II.

L'OUVERTURE DE LA LETTRE.

On avait installé les deux pauvres enfants de l'esclave français, mort à Alger, dans une fort jolie chambre de l'hôtel
Rouaillac. La marquise, grand'mère du jeune vicomte, les
avait accueillis comme on accueille deux infortunés que le
hasard place sous votre protection, sans tendresse, mais avec
bonté et grâce; elle s'était informée de leur nom : — Gérard
et Angélique, avait répondu le jeune homme; cette lettre doit
nous apprendre notre nom de famille. Et, le lendemain, aussitôt qu'il fit jour dans l'hôtel, c'est-à-dire vers dix heures du
matin, un domestique se chargea d'aller prier M. Manté de
venir tout de suite pour affaires pressantes chez madame la marquise de Rouaillac.

M. Manté était allé faire un inventaire à quelques lieues de
Paris, et ne devait être de retour que dans une quinzaine de
jours; ce fut le vicomte lui-même qui apprit aux orphelins ce
retard apporté à la connaissance de leur sort.

— Pourquoi trembler? que craignez-vous? leur demanda-
t-il en voyant le frère et la sœur échanger un regard de pénible
angoisse; et, remarquant l'embarras et l'hésitation d'une
réponse, il ajouta en prenant la main de Gérard :

— Gérard, lui dit-il, un précepte de la Bible m'a toujours
frappé, et, tout petit, m'a souvent empêché d'être cruel, ainsi
que le sont parfois les enfants très-jeunes ; c'est celui-ci : « Fais
à ton prochain ce que tu voudrais qu'il te fût fait. » Eh bien!

dans votre position, que pourrais-je désirer? Un frère, un
ami! un frère qui m'ouvrît sa maison, un ami qui m'ouvrît son
cœur et me dit : — Tu es mon hôte, agis chez moi comme tu
voudrais que j'agisse si j'étais chez toi.

— Oh! monsieur le vicomte, dit Gérard confus.

— Laisse-là ton vicomte, dis Antoine comme je dis Gérard.

Puis soudain, changeant de ton, il reprit gaiement :

— Tu es de ma taille, Gérard; viens dans ma garde-robe
choisir les vêtements qui te conviendront le mieux : quant à
mademoiselle ta sœur, ajouta-t-il en s'inclinant vers Angélique, qui pleurait et souriait à la fois, pour aujourd'hui je la
supplie de vouloir bien se contenter des habits de Nicole, la fille
de notre femme de charge; demain madame la marquise la
fera habiller plus convenablement.

Une heure après, Angélique, vêtue presque en petite cham-
brière, s'amusait beaucoup de ce changement de fortune, et,
tout en se regardant dans la glace, tout en jouant et examinant
chaque chose qui ornait la pièce, c'est-à-dire à la manière des
enfants, en touchant, elle laissa tomber une fort jolie sablière:
le sable se répandit sur le tapis. Voyant cela, Angélique alla
prendre un balai et se mit à balayer; mais, tout en balayant,
ses yeux se portèrent sur une lettre posée sur un coin de la cheminée; elle la prit, c'était celle de son père à M. Manté : —
Ceci est mon sort! se dit-elle, et dire qu'aujourd'hui je ne
saurais pas encore qui je suis! et, tout en parlant, la curieuse
enfant tournait et retournait cette lettre dans ses mains, si bien
que le cachet en sauta et la lettre s'ouvrit; pour lors, la ten-
tation devint trop forte et Angélique lut...

La surprise la plus grande se peignait sur la figure de la
jeune fille à mesure qu'elle avançait dans sa lecture. Mais,
au moment où elle l'achevait, un bruit qu'elle entendit la fit

replier vivement le papier ; elle le mit dans sa poche, reprit à tout hasard son balai : c'était Gérard qui revenait.

— Encore quinze jours de retard ! dit-il en s'asseyant près du feu ; que c'est long !

A ces mots, Angélique s'approcha doucement de son frère ; elle s'accouda sur le dossier de son fauteuil, et, le cœur plein du secret qu'elle avait découvert, elle lui dit :

— Mon frère !

— Quoi, eh bien ? dit Gérard tournant paresseusement la tête vers sa sœur.

— Rêve un brillant avenir ! lui dit-elle.

— Enfant ! dit Gérard.

Elle continua : — Rêve que cet hôtel est à toi, ces carrosses qui remplissent la remise sont à toi, ces beaux chevaux qui hennissent dans l'écurie à toi, ces laquais à toi, cette fortune qui frappe nos regards à toi.

— Tu es folle, lui dit son frère en souriant.

— Rêve encore, lui souffla-t-elle dans l'oreille, que madame la marquise est ta grand'mère et le vicomte ton cousin ; mais toi, comme fils aîné du fils de la marquise, que tout le monde a cru mort lorsqu'il n'était qu'esclave, tu es comte, et par conséquent, Gérard, c'est à toi à te lever et à te dire et à dire au vicomte : — Tu es mon hôte !

— Tu es folle, tu es folle, ma sœur ! dit Gérard en se levant épouvanté.

— Lis ! lui dit sa sœur en lui présentant la lettre ouverte.

Gérard la saisit et lut d'une voix tremblante d'émotion :

« Monsieur,

« Vous avez toujours été l'ami de ma famille ; c'est à vous « que je confie le sort de mes pauvres enfants. Ils vous raconte-

« ront mon aventure, mon enlèvement par les pirates, ma
« captivité, car ils n'ignorent rien de tous ces détails. Je
« leur ai cependant caché mon nom, car j'ai craint qu'ils ne
« pussent parvenir jusqu'à vous. J'ai voulu dans ce cas leur
« épargner des regrets. Je meurs, Monsieur, veillez aux intérêts
« de deux orphelins. Faites-leur connaître leur grand'mère ;
« obtenez d'elle qu'elle leur accorde un peu de cette tendresse
« dont elle m'environnait. Qu'ils puissent, grâce à vous, re-
« prendre leur nom, et jouir de la fortune qu'aurait possédée
« leur père sans l'affreux malheur qui lui est arrivé.

« DE ROUAILLAC. »

— Ah ! malheureuse, qu'as-tu fait ?... Ta curiosité nous a
perdus. Oh ! que tu es bien une fille d'Ève ! dit Gérard se frappant le front après avoir lu.

— En bien ! achève... dit Angélique inquiète.

— Eh quoi ! dit Gérard, ce serait là le prix de la belle action
du vicomte ! il nous a recueillis mourants sur une grande route,
il nous a pris dans sa voiture, il nous a menés chez lui, dans
sa chambre ; il nous a traités en frères, il nous a habillés,
chauffés, hébergés : et de cet hôtel où nous sommes entrés en
mendiants, nous le chasserions, nous, à notre tour !... Non,
que plutôt cette lettre, notre seul titre à cette fortune, s'anéan-
tisse... Antoine, Antoine, cria-t-il, sois seul le maître de notre
destinée !

Et le noble et généreux enfant allait déchirer la lettre, lorsqu'un cri partit derrière le paravent, et Antoine se précipita
dans la chambre.

— J'ai tout entendu, lui dit-il, viens ; et si cette lettre n'est
pas trompeuse, si tu es réellement le fils du marquis de Rouaillac, à toi, comme te l'a dit ta sœur, cet hôtel, cette fortune,

ces titres... Viens, oh! ma pauvre grand'mère qui a tant pleuré
son fils aîné, qu'elle va être heureuse d'embrasser ses petits
enfants! Viens, mon cousin.

— Oh! dites mon frère, reprit Gérard avec émotion; mon
frère, car je n'accepterai ce brillant héritage qu'à la condition
de tout partager comme frères.

— Allons embrasser notre mère! fut toute la réponse d'Antoine en prenant la main d'Angélique et la passant sous son
bras.

EUGÉNIE FOA.

SOIXANTE ANS EN UN JOUR.

Vous avez été sages, mes enfants; ainsi que je vous l'ai promis, nous irons passer six semaines à la campagne.

Charles et Julien se jetèrent au cou de leur mère pour la remercier. La joie de Charles était plus calme que celle de son frère, mais n'en était pas moins grande. Quant à Julien, il chantait, sautait, gambadait, battait des mains comme un véritable lutin.

Peu d'instants après, une voiture les emportait rapidement loin de Paris; mais le galop des chevaux, stimulés de la voix et du geste, semblait trop lent encore à l'impatience de Julien, qui déjà tendait ses mains et son cœur à la joyeuse et douce liberté des champs.

La voiture s'arrêta à quelque distance de Céran. — Je vous ai ménagé une petite surprise, mes amis, leur dit madame Darbois. Nous allons faire à âne le trajet qui nous reste à parcourir, car je me suis rappelé le plaisir que vous manifestiez quand nous faisions de telles promenades à Montmorency.

— Bon, dit Julien, ça sera drôle; Charles montera sur le devant, maman au milieu, et moi derrière. Soyez tranquille; s'il ne marche pas vite et droit, je taperai ferme, il faudra bien qu'il avance.

Tout en riant de son humeur belliqueuse, madame Darbois allait lui adresser quelques observations pour calmer sa pétulance, lorsque la pacifique monture arriva, conduite par un jeune paysan.

L'âne marchait d'un pas tranquille et lent. Julien, armé d'une houssine, se démenait comme un possédé.

— Ah çà! nous n'arriverons donc pas? s'écriait-il avec une énergie toujours croissante; il fait pourtant bien beau à Céran.

— Julien, lui dit sa mère d'un ton de reproche, tu as un grand défaut; tu ne sais pas commander à tes caprices. A peine formes-tu un désir que tu voudrais qu'il fût rempli. C'est un grand tort; sache que la vie s'userait bien vite si l'homme n'avait qu'à souhaiter pour être exaucé. Chaque chose arrive à son temps. Tu es bien jeune encore pour sentir toute la force de cette vérité, mais l'avenir te le prouvera.

Enfin, la porte du parc s'est ouverte; les enfants s'élancent joyeux du dos de la pacifique monture dans l'enceinte, qu'ils parcourent en tous sens. Julien est ivre de joie et ne sait comment exprimer son bonheur.

L'emploi du temps fut ainsi réglé par madame Darbois :
promenade le matin ; après le déjeuner, leçon ; et si elle avait
été satisfaite, il y avait toujours quelque surprise inattendue,
quelque partie bien joyeuse à laquelle, du reste, ne prenait
part que celui des deux enfants qui avait bien rempli son devoir. Pauvre Julien ! grâce à la mobilité de ton caractère, que
de parties eurent lieu ainsi sans toi !

On faisait depuis quelques jours, au château, des préparatifs
qui n'étaient pas habituels, et cela avec un certain air de mystère qui piquait singulièrement la curiosité de Julien. Il y avait
sans doute quelque grand projet en l'air. Enfin, madame Darbois avertit ses enfants que si pendant huit jours elle était satisfaite de leur conduite et de leur travail, elle les mènerait à
une fête magnifique qui devait avoir lieu dans une petite ville
voisine.

Julien en perdit l'appétit ; il travailla d'abord avec ardeur ;
mais, hélas !

Chassez le naturel, il revient au galop.

Le papillon qui vole, la mouche qui bourdonne, l'oiseau
qui chante, la feuille qui frémit, le soleil qui rayonne, le
nuage qui passe, tout cela était autant de distractions pour
lui.

— Monsieur Julien, vous ne savez pas votre leçon, vous
n'avez pas fait votre thème, vous resterez au château.

Bref, la fatale huitaine était écoulée, Julien ne devait pas
être de la partie ; en retour, sa mère lui infligea deux fables de
La Fontaine à apprendre par cœur, pour les lui réciter à son
retour.

— Mon Dieu ! s'écria Julien lorsque de sa chambre il eut

entendu le roulement de la voiture qui partait sans lui, mon Dieu ! combien les enfants sont malheureux !

Julien se jeta dans un fauteuil à longs bras, bien moelleux et bien douillet; il se renversa avec dépit la tête en arrière et passa en revue tous les inconvénients de sa situation présente. Il prit son La Fontaine et voulut apprendre deux fables, mais il jeta bientôt avec colère le livre loin de lui, et, après quelques moments de réflexion, il s'écria :

— Oh ! que ne sommes-nous donc encore dans ce bon temps dont me parle si souvent ma bonne, dans ce siècle d'or où chaque enfant avait son bon génie qui accourait aussitôt qu'il était appelé et lui accordait tout ce qu'il demandait. Oh! je sais bien ce que je lui demanderais, moi...

En ce moment, la chambre où se trouvait Julien s'éclaira d'une lumière extraordinaire. Un bruit mystérieux, et qui ressemblait au frôlement des ailes d'un oiseau, se fit entendre; puis le plafond s'entr'ouvrit tout à coup avec fracas. Un être fantastique, et tel que l'ange que Dieu envoya jadis à Tobie, descendit par cette ouverture et vint se poser devant lui. Julien était saisi d'admiration et immobile de surprise. Le Génie rompit le silence le premier.

— Enfant, lui dit-il, sois sans crainte, je suis l'ange qui a présidé à ta naissance; depuis ce moment, je veille invisible sur toi. Tout à l'heure, j'ai entendu tes plaintes et tes désirs, je viens pour faire cesser les unes et remplir les autres. Parle; ce que tu me demanderas te sera accordé.

— Je veux, s'écria étourdiment Julien, avoir douze ans et être au collège.

— Soit, répondit l'ange ; mais, avant que cela n'ait lieu, écoute. Dorénavant je suis à tes ordres. Quand tu seras ennuyé de ta nouvelle position, tu m'appelleras, et je te donnerai les moyens d'en changer. Toutefois, je te préviens que tu ne pourras jamais rentrer dans la condition que tu auras quittée; tu pourras avancer, mais jamais reculer. Ainsi, tu ne récupéreras jamais les années que tu auras abandonnées; elles seront perdues pour toi sans retour. Voici un petit sifflet d'argent que tu porteras toujours suspendu à ton cou. Tu en tireras un son aigu lorsque tu souhaiteras ma présence, et je t'apparaîtrai aussitôt sous la forme que tu auras toi-même désiré prendre.

A ces mots, le Génie disparut après avoir pris la figure d'un jeune collégien, et Julien se trouva lui-même au milieu d'une foule d'écoliers à la mine éveillée qui, au son de la cloche annonçant la récréation, s'élançaient hors de leurs classes comme un joyeux essaim d'abeilles, en criant, en courant et en sautant. Julien était heureux.

— Comme on doit s'amuser ici ! pensa-t-il.

La cloche a sonné de nouveau; c'est l'heure du souper. Sur la table, tout ce qu'il fallait pour apaiser un appétit aiguisé par les plaisirs de la récréation et les exercices de la journée, mais rien que cela; point de ces friandises qu'on servait à Céran. Mais, à leur défaut, un silence, un silence qui n'était interrompu que par la voix du maître gourmandant l'un, punissant l'autre ! Julien n'était pas au fait de la discipline.

— Au moins nous rirons bien au dortoir, se disait-il à part lui, nous causerons des amusements de la récréation.

— Julien ! Julien ! prenez garde de prendre vos désirs pour la réalité. Après le souper, on fit la prière en commun; après la prière, chacun se déshabilla sans souffler une parole, et bientôt l'on n'entendit plus que la respiration des enfants qui ronflaient. Toutes les illusions de Julien s'en allèrent ainsi une à une; au bout de huit jours, la vie de collège l'ennuyait.

— Tombez devant moi, s'écrie-t-il, barrières qui emprisonnez ma liberté. Adieu pensums! adieu Cicéron et Démosthène! adieu Virgile! adieu Homère! adieu tous les Grecs et les Romains! Vive l'indépendance! je veux être étudiant en droit!

Un son aigu tiré du sifflet d'argent amena près de lui son bon Génie. Cette fois il était leste et pimpant. Il portait un habit bleu barbeau, avec une cravate blanche, des gants jaunes; il était frisé, pommadé, lustré; il avait un pantalon collant, des bottes vernies, des moustaches naissantes; c'était un élégant du quartier latin. Quant à Julien, sa métamorphose était déjà opérée. Il était dans une petite chambre assez coquette et paraissait horriblement ennuyé. Sur son bureau étaient épars quelques cahiers négligemment écrits, quelques livres en fort mauvais état, et il poussait de temps à autre des exclamations qui annonçaient un cruel désappointement.

— Mais comment vais-je faire? C'est demain mon examen, et j'ignore complétement les matières sur lesquelles il doit rouler. Si je suis refusé, que va dire mon père?

Julien n'avait encore vu, de prime abord, qu'une des faces de la condition de l'étudiant en droit; il n'avait songé qu'au tourbillon de plaisirs dans lequel il allait se trouver lancé, sans réfléchir aux devoirs imposés à l'étudiant. Aussi ces devoirs, ne les avait-il pas remplis. C'est à peine s'il avait jeté un coup d'œil sur les ouvrages des jurisconsultes. Le Code civil l'avait fait bâiller; le droit romain l'avait endormi. Pothier, Cujas, tous ces énormes in-folios l'avaient effrayé, et il s'était pris d'un incommensurable dégoût pour cette étude.

Il n'y avait pas à balancer, l'intervention du bon Génie était devenue indispensable aux yeux de Julien.

— Je veux être avocat tout de suite, s'écrie-t-il.

Et Julien se trouva aussitôt devant un tribunal, plaidant avec talent une cause de laquelle dépendait l'avenir, l'existence de toute une famille. Il la gagnait, il était heureux. Pourtant il lui manquait encore quelque chose, une famille qui, en même temps que lui, eût joui de ses succès. Il eut recours à son sifflet d'argent, et, comme cela avait eu lieu, ses vœux se trouvèrent exaucés ; mais alors il avait quarante ans bien sonnés ; ses cheveux commençaient à grisonner. Comme sa carrière avait été rapide, sans doute il allait s'en tenir à cette position. Ce serait peu connaître Julien que de le supposer. D'avocat il voulut être procureur du roi, président de la Cour royale, et tout cela aux dépens de chacune des années qui devaient composer sa vie ; enfin, un beau jour, il se trouva dans une réunion où de nombreux petits enfants célébraient la fête de leur grand-père. C'était un beau vieillard de soixante-dix ans au moins, dont les boucles de cheveux blancs tombant sur les épaules donnaient à sa physionomie quelque chose de si vénérable, qu'à son aspect on se sentait immédiatement saisi d'un saint respect. Ses regards reflétaient une joie si pure tandis qu'il tenait sur ses genoux ses petits-enfants, qui lui souhaitaient de vivre cent ans encore, que Julien, le capricieux Julien, se dit : — En vérité, je ne comprends pas de sort plus digne d'envie que celui de ce vieillard ; on l'aime, on le chérit, on le vénère, personne ne désire sa mort ; serait-ce donc quand on arrive à cette période de la vie, que l'on rencontre la véritable félicité ? A ces mots, l'imprudent tira son sifflet d'argent. Le bon Génie accourut, mais cette fois sous la forme d'un vieillard cacochyme et qui penchait déjà vers la tombe. Julien sentit sa taille se courber, ses jambes fléchir, sa vue s'affaiblir, sa tête branler, des douleurs atroces lui parcourir tout le corps ; il toussait avec effort, il se soutenait à peine à l'aide d'une canne.

— Malheureux ! qu'ai-je fait ? s'écria-t-il...

En ce moment, Julien, non pas le vieillard débile, mais Julien l'enfant de dix ans à peine, le petit mutin que sa mère a condamné à rester tout seul au château, pousse un soupir et s'éveille en se frottant les bras, en se tâtant les jambes pour s'assurer qu'il n'avait pas soixante-dix ans. Julien n'avait fait qu'un rêve. Mais ce rêve lui servit de leçon ; il réfléchit aux enseignements qu'il contenait.

— Ah ! combien maman avait raison, s'écria-t-il, lorsqu'elle me disait que chaque chose arrivait à son temps ! Ah ! combien la vie s'userait vite si l'homme n'avait qu'à souhaiter !

ORTAIRE FOURNIER.

LE RETOUR AU VILLAGE

Le même jour avait vu M. de Servan et Pierre Durand quitter le village de Boissy, mais pour des causes bien différentes : tandis que l'un, répondant à l'appel du pays, allait défendre la frontière envahie par les étrangers, l'autre fuyait les mesures impitoyables de cette révolution, qui, parvenue à son plus grand développement, atteignait tout ce qui portait un titre ou se faisait remarquer par une grande fortune. Longtemps M. de Servan avait espéré échapper, dans la retraite qu'il s'était choisie, aux rigueurs du parti révolutionnaire : il s'était acquis l'estime et le dévouement de tous les habitants du village par sa bonté, l'intérêt qu'il témoignait à chacun, et les bienfaits qu'il répandait autour de lui.

Tant de titres de reconnaissance auraient en d'autres temps assuré son repos ; mais alors les différents partis étaient animés de passions trop aveugles pour céder à de semblables considérations. Un représentant du peuple, envoyé en mission par la Convention, parcourait le pays ; il s'était arrêté à Boissy, et là il avait proclamé les décrets qui proscrivaient les nobles, parents d'émigrés, en même temps qu'il avait appelé aux armes tous les jeunes paysans capables de partir. Dans ces circonstances, M. de Servan résolut d'abandonner la France jusqu'à ce que le calme fût rétabli. Au moment même qu'il s'enfuyait avec madame de Servan ; par une autre route, le drapeau tricolore en tête, et chantant avec enthousiasme le beau *Chant du départ*, Pierre Durand et quelques-uns des jeunes gens du village allaient rejoindre l'armée.

Tous deux, M. de Servan, l'ancien seigneur de Boissy, et Pierre Durand, le plus joyeux garçon du village, furent également regrettés. Adieu, disait-on, la main charitable qui venait pendant l'hiver soulager les malheureux! Adieu aussi le franc compagnon, infatigable au travail et à la danse, le plus gai à la veillée, et pourtant le plus serviable. Bien que le père Durand fût, au dire de tous, un fort brave homme, dans cette occasion on ne fut pas très-satisfait de sa conduite. Lui, d'ordinaire fort calme, avait montré une exagération de patriotisme extraordinaire! A peine avait-on appris la fuite de M. de Servan, qu'il s'était répandu en injures contre la noblesse, les

aristocrates, comme on disait alors ; il avait le premier songé à
faire poursuivre M. de Servan ; il est vrai que les renseigne-
ments qu'il avait reçus devaient être fort inexacts, car on n'a-
vait pu atteindre le fugitif ; mais sa colère, ses regrets quand
il avait rendu compte au représentant du peuple du mauvais
résultat de ses recherches, témoignaient assez de sa bonne volonté. Aussi quelques habitants disaient-ils qu'il eût mieux valu
après tout que le père Durand partît à la place de son fils.
Quelque temps après on crut pouvoir tout expliquer, quand
on vit le vieux fermier acheter le beau château de M. de Servan,
déclaré propriété nationale, comme bien d'émigré. Durant
bien des années on ne put lui pardonner sa fortune nouvelle,
dont on accusait l'origine ; cependant, à la longue, tout fut
oublié.

Nommé sous l'empire maire de son village, il usa de son
influence avec sagesse, dans l'intérêt de ses concitoyens. Son
fils d'ailleurs, qui s'était distingué à l'armée, et qui, chaque
fois qu'il revenait au village y montrait quelque distinction nouvelle, récompense méritée de son courage, et dont
le nom était fréquemment cité dans les glorieux bulletins de nos batailles, avait regagné pour son père l'estime publique.

Enfin, depuis son départ, M. de Servau n'avait point reparu ;
on ignorait sa destinée, ou du moins on savait confusément,
qu'étant attaché au sort des Bourbons, il avait refusé de profiter d'aucune amnistie pour les suivre partout, et qu'il voulait
prouver que si sa raison et son patriotisme l'avaient empêché
de porter les armes contre la France et de prendre part aux
guerres de l'émigration, son dévouement n'était pas douteux.
De sorte que le père Durand, comme on continuait à l'appeler,
restait tranquille possesseur des propriétés de M. de Servan, et

lentement on en était venu à considérer ses droits comme légitimes. Les choses étaient dans cet état quand vint la grande catastrophe qui termina la glorieuse période de l'empire. L'heure de Waterloo avait sonné, et les Bourbons avaient repris possession du pouvoir. Après un si long intervalle, l'attention fut réveillée quand on apprit que M. de Servan était rentré en France, et qu'il revenait se fixer dans le village qu'il avait si longtemps habité.

Le même jour avait vu le départ du noble comte et du fils du paysan; le même jour devait revoir le retour du vieil et respectable émigré et du courageux officier de Napoléon, le général Pierre Durand, car c'était le grade auquel était arrivé le jeune conscrit de 1793.

Le village de Boissy est situé entre Château-Thierry et Épernay, sur les bords de la Marne; c'est un charmant et tranquille pays, admirablement placé au milieu d'une prairie, sur laquelle de grandes lignes de peupliers dessinent de capricieuses allées. Le ciel pur, la campagne, éclairée par tout l'éclat d'un soleil d'été, avaient un aspect plus joyeux que de coutume. Le clocher était orné, en signe de fête, d'une énorme branche de verdure toute décorée de rubans; enfin, au milieu de la Champagne désolée par la guerre, la commune de Boissy semblait avoir été favorisée, rien n'y rappelait les désastres de l'invasion. Pour les deux personnages qui devaient arriver dans la matinée, les habitants s'étaient divisés en deux partis. Les vieillards, ceux qui se rappelaient M. de Servan, ses vertus, sa bienveillance, s'étaient rendus au-devant de lui, et, sa présence ranimant leurs anciens soupçons, ils accusaient hautement le père Durand d'avoir fait cause commune avec la révolution pour dépouiller son maître. M. de Servan était plus juste; il tenait compte des circonstances, et tout au bonheur de retrouver sa retraite paisible des anciens jours, il s'efforçait de chasser les pénibles souvenirs, pour répondre à l'accueil empressé qu'on lui témoignait. Il saluait chaque arbre, il reconnaissait le moindre site, et il nommait chacun par son nom, s'arrêtait à chaque maison, et ce fut ainsi, en parcourant le village, en recevant partout des saluts pleins de respect et d'amitié, qu'il atteignit le parc de son château; la grille en était ouverte, et il ne put résister au désir d'y pénétrer, de revoir ces allées où s'étaient essayés ses premiers pas, ces arbres qu'il avait plantés !

Les jeunes gens qui, de leur côté, étaient allés attendre le général Durand ne l'avaient point trouvé, et, ne sachant à quoi attribuer ce retard, ils s'étaient réunis aux habitants qui accompagnaient monsieur et madame de Servan.

Chez l'ancien fermier tout était silencieux; les persiennes étaient fermées; personne ne paraissait, et M. de Servan s'était avancé jusque vers le château sans rencontrer aucun habitant. Arrivé là, il jeta un regard douloureux sur cette maison qui avait si longtemps appartenu à sa famille, où chaque lieu renfermait un souvenir bien cher. Il songea que sans doute tout avait été changé, les vieux meubles amis de son enfance, les portraits de famille qui conservaient la mémoire de son illustration; et ces pensées troublaient son cœur; il sentit, sinon de l'envie, du moins de vifs regrets, et, ne pouvant contenir son émotion, que chacun devinait, il allait s'éloigner après un dernier regard d'adieu, quand tout d'un coup l'éclat et le bruit succédèrent au silence absolu qui régnait, toutes les fenêtres s'ouvrirent, les accents de la musique retentirent, et, au haut de l'escalier, on vit paraître le vieux fermier entouré de sa famille, de ses amis; le général était avec eux, et, descendant rapidement l'escalier avec sa jeune femme et ses sœurs élégamment vêtues, il s'avança vers M. de Servan. Celui-ci, à ce spectacle inattendu, était resté interdit.

— Monsieur de Servan, lui dit avec courtoisie Pierre Durand, nous vous attendions avec impatience, et tout dans votre château est préparé pour recevoir le propriétaire.

— Que voulez-vous dire? reprit avec surprise M. de Servan.

— Je viens de la part de mon père vous remettre les clés de votre propriété; il espère que vous serez content de la façon dont il vous a remplacé durant votre absence.

— Quoi! ce château, que je croyais perdu pour moi?

— N'a jamais cessé de vous appartenir, et votre ancien fermier est prêt à vous rendre ses comptes. Avez-vous donc pu penser, et personne a-t-il pu croire que mon père, oubliant vos bienfaits, profiterait de votre malheur pour s'enrichir? Non, monsieur le comte; il n'a voulu que conserver à son légitime possesseur le château de Boissy.

Pendant cette rapide conversation, qui avait lieu au bas du grand escalier, au milieu de la société aussi heureuse que surprise, Durand était descendu, et, s'avançant vers M. de Servan :

— Mon maître, mon bienfaiteur! j'ai donc vu votre retour dans ce village, où si souvent on vous a béni! Maintenant, je n'ai plus rien à désirer.

— Durand, mon brave et honnête Durand, mon ami, venez dans mes bras! dit M. de Servan, en serrant sur son cœur l'honnête fermier.

— Je n'ai fait que mon devoir, monsieur le comte, et j'eusse été bien ingrat si j'avais agi autrement. N'est-ce pas vous qui vîntes à notre secours quand mon pauvre père, à la suite d'une malheureuse année, se voyait complétement ruiné? n'est-ce pas vous qui lui avez continué le bail de cette ferme qui formait toute sa fortune? Plus tard, c'est encore vous qui m'aidiez à donner à mon fils, à notre brave Pierre, l'éducation qui lui a permis d'arriver au grade qu'il a obtenu. Aussi, quand vous avez été obligé de fuir, j'ai pensé que c'était l'occasion de m'acquitter. J'achetai votre château à bon marché, grâce à ma réputation de patriotisme; et je suis parvenu à me rembourser sur les revenus. Alors j'ai soigné et entretenu votre terre, et, tout en respectant scrupuleusement vos intérêts, j'ai moi-même augmenté ma fortune par le crédit qu'on m'accordait : en vous remettant les clés de ce château, je vous dois encore de la reconnaissance.

A ce moment, on entrait dans le château, et M. de Servan put juger, non-seulement de la loyauté, mais encore de la délicatesse de Durand. Tout avait été respecté; les appartements avaient conservé leur ancien ameublement, les meubles de Boule aux brillantes incrustations, les porcelaines de Saxe, les anciens et respectables portraits, tout était en place comme au jour du départ. Enfin, les registres, les comptes de toute nature que Durand avait fidèlement tenus se trouvaient sur une table, au milieu du salon, où tout le monde était réuni, jeunes et vieux, les compagnons d'armes du général et les anciens amis de M. de Servan, qui, comme lui, avaient traversé heureusement la révolution.

— Voyez, monsieur le comte, dit-il, et puissiez-vous n'avoir aucun reproche à m'adresser!

— Des reproches! mon ami, dit l'heureux vieillard... Oh! quoi que je puisse faire, je ne pourrai jamais trop vous remercier; mais je n'accepte cette restitution qu'à une seule condition, Durand : c'est que vous et votre famille ne me quitterez plus; vous continuerez d'habiter ce château, que vous m'avez si honorablement conservé.

— Monsieur le comte!... dit Durand.

— Acceptez, ou je me retire! continua M. de Servan; et vous, général, vous consentirez aussi, j'espère, à rester près du vieil émigré; vous me raconterez vos combats, votre gloire, et moi je vous parlerai du passé. Vos enfants (Pierre en avait deux : un garçon, qui montrait déjà toute l'ardeur, toute la vivacité de son père, et une petite fille à peine sortie du berceau), vos enfants seront les miens, et après moi ils reprendront le bien que votre père m'a conservé. Votre main, général! et oubliez que vous nous avez combattus pendant vingt ans.

— Ah! monsieur le comte, si chacun de vos compagnons d'exil vous avait ressemblé, que de malheurs on aurait évités! et aujourd'hui on ne verrait pas l'étranger.

— Assez, mon ami, je comprends votre douleur; mais du moins aujourd'hui livrons-nous entièrement à la joie de notre réunion. Plus tard, continua M. de Servan en serrant la main du général Durand, du pauvre garçon de ferme d'autrefois, plus tard nous tâcherons de réconcilier le passé et le présent.

L. MICHELANT.

Elle portait dans son tablier de l'herbe pour ses lapins.

(La petite Claudine.

LA PETITE CLAUDINE

Les habitants d'un petit village d'Allemagne, après une journée de terreur et d'angoisses, goûtaient enfin les douceurs du repos; jusqu'au coucher du soleil, le canon avait grondé à leur porte. Un petit détachement de l'armée française, trompé par les faux rapports des gens du pays, était tout à coup tombé sur les flancs d'un gros de l'armée autrichienne placé en embuscade à quelque distance de là.

Nos braves voulurent d'abord opposer une vigoureuse résistance; mais, accablés par un ennemi dont le nombre se renouvelait sans cesse, presque tous y trouvèrent le trépas; le peu qui échappa à ce désastre ne dut son salut qu'à la faveur des ombres.

Il était onze heures du soir; la nuit était sombre et froide; le sol, recouvert de neige, offrait l'image d'un vaste lac argenté à travers lequel, malgré l'obscurité, il était difficile de s'aventurer sans s'exposer à être aperçu. Un homme pourtant s'y frayait hardiment un passage, se dirigeant vers les habitations qu'on distinguait au loin.

Sa course devait être rapide, car il glissait sur cette surface unie, semblable à un nuage égaré dans le ciel, chassé par un vent impétueux.

Au même instant, un coup de feu part; l'homme s'affaisse.

— Rien, dit-il, le ciel soit loué! puis il se relève et poursuit son trajet; sa marche était plus lente. De temps en temps il portait la main gauche à son front; son bras droit, constamment appuyé contre sa poitrine, semblait y presser quelque chose. Quand il eut atteint le village, il s'arrêta un moment, jeta un regard inquiet, et, comme poussé par une détermination bien prise, il frappa résolument à une maison de chétive apparence.

— Qui va là? demanda une voix tremblante dominée sans doute par la peur.

— Ouvrez! au nom du ciel, sauvez une pauvre créature.

La porte s'ouvrit; une paysanne jeune encore parut, mais elle recula aussitôt; la lampe qu'elle tenait faillit lui échapper des mains, tant sa frayeur fut grande à la vue d'un militaire dont le visage était couvert de sang.

— Sauvez une pauvre créature, répéta l'étranger; c'est Dieu qui vous l'envoie.

En prononçant ces mots, il déposa sur les bras de la femme une petite fille à peine âgée d'un an et disparut.

L'enfant dormait; les linges qui l'enveloppaient étaient de la plus grande finesse; à son cou pendait le portrait d'une femme jeune et belle. — Pauvre petite! dit la paysanne quand elle fut revenue de la surprise où cette apparition l'avait jetée, le ciel a choisi Catherine pour protéger tes jours, Catherine ne t'abandonnera pas, tu remplaceras dans son cœur la fille qu'elle a perdue.

De ce moment elle jura de consacrer tous ses soins à la conservation de ce précieux dépôt.

C'était un temps de dures représailles que ce temps de guerres. A quelques jours de là, les Français rentrèrent en vainqueurs; les habitants du village les avaient trahis, ils détruisirent le village. Catherine, sans asile, sans fortune, mais confiante dans la miséricorde de Dieu, prit sa fille adoptive dans ses bras et s'éloigna pour jamais de ce lieu de désolation. Elle avait à quelques lieues de là une vieille tante qu'elle n'avait pas vue depuis bien des années; ce fut vers son habitation qu'elle dirigea ses pas.

Après huit heures de marche à travers de petits chemins à peine praticables, elle atteignit le but de son voyage. La vieille tante vivait encore, mais courbée sous le poids des ans; on aurait dit qu'elle attendait, pour quitter la vie, que sa nièce vînt lui fermer les yeux, car peu de temps après elle mourut. Catherine se trouva donc seule avec Claudine (c'est ainsi qu'elle avait appelé la petite fille, du nom de l'enfant que la mort lui avait ravie). La maisonnette située sur le versant d'une colline, isolée de toute autre habitation, offrait pour toute ressource un jardin à cultiver, une basse-cour assez bien fournie, des lapins, quelques chèvres et un chien, gardien fidèle de cette modeste propriété. Catherine avait du courage, et, toujours avec l'aide de Dieu qu'elle priait sans cesse, elle parvint à subvenir à son existence et à celle de son enfant.

À l'âge de six ans, Claudine, douée d'une constitution robuste, qu'elle devait à une vie active, à l'air pur et frais des champs, aidait déjà sa mère dans les travaux du ménage ; c'est elle qui cueillait les légumes, les arrosait, étendait le linge à sécher, donnait à manger aux poules ; elle allait aussi dans les environs ramasser de l'herbe pour ses lapins. Elle faisait ordinairement ces excursions avec sa chèvre favorite, sa gentille Baba, qui, quand elle avait soif, lui offrait si complaisamment son lait à boire. Elle vivait heureuse au sein de son humble indigence ; mais un soir, à la veillée, Catherine lui révéla les circonstances qui l'avaient placée entre ses mains.

— Ma petite Claudine, lui dit-elle, je ne suis pas ta mère; la tienne est sans doute une grande dame, si j'en juge par ce portrait et le linge que tu portais le jour où tu me fus confiée; mais je t'aime, va, tout autant que si tu étais ma fille.

Claudine devint triste et rêveuse; malgré l'insouciance de son âge, cette révélation la bouleversait; c'est surtout quand elle était seule, loin de la maison, que sa petite tête travaillait le plus. Alors sa tristesse allait jusqu'aux larmes, mais elle les essuyait bien vite pour ne pas affliger sa mère adoptive.

Un jour, le canon se fit entendre ; le pays était toujours en guerre, mais jamais encore un pareil bruit n'était venu troubler leur paisible retraite. Claudine était aux champs ; Catherine, inquiète pour sa fille, voulait courir à sa recherche; d'un autre côté, elle tremblait de laisser sa maison seule dans un pareil moment. Elle se tenait donc sur sa porte, regardant à droite, à gauche, aussi loin que sa vue pouvait s'étendre, lorsque tout à coup elle vit déboucher par un petit chemin bordé d'une haie un homme qui se dirigeait vers elle, puis deux autres qui en portaient un quatrième sur leurs épaules. C'étaient des militaires qu'à leur uniforme elle reconnut pour des Français.

—Bonne femme, dit le premier, de l'eau fraîche, du feu, un lit, si vous en avez un.... et le ciel vous en tiendra compte.

Catherine s'empressa de mettre à leur disposition tout ce qu'elle possédait.

—Bonne sainte Vierge! s'écria-t-elle en reconnaissant dans le blessé un officier de haut grade, c'est votre colonel?

—Dites donc notre général; mais pas de vaines paroles, le temps presse. Vite à l'œuvre, mes amis.

On plaça le blessé sur le lit; l'un d'eux, chirurgien de l'armée, se mit en devoir d'extraire la balle qui était restée dans la jambe gauche.

—Ce n'est rien, dit-il quand l'opération fut terminée; du repos maintenant, et demain matin nous pourrons rejoindre l'armée. Monsieur Révial, ajouta-t-il en s'adressant à un jeune lieutenant, venez avec moi chercher une voiture; vous, Robert, veillez sur lui, ne le quittez pas.

— Allez, j'en réponds sur ma tête.

Rassuré sur le sort de son général, le brave soldat se promenait dans la chambre, la joie rayonnait sur ses traits. Tout à coup il s'arrêta devant la cheminée : —Ah! mon Dieu! s'écria-t-il, c'est elle, c'est bien elle! Puis courant à Catherine assise sur un banc de pierre, d'où elle guettait le retour de Claudine :

—Bonne femme, lui dit-il, quel est ce portrait que vous avez-là?

— Je l'ignore, il était au cou de ma fille.

— De votre fille, dites-vous?

— Oui, de ma fille, qu'une nuit, il y a six ans, un étranger remit dans mes bras.

— Il y a six ans, dites-vous, au village de *** ?

— Oui.

— Un militaire blessé ?

— Oui.

— C'était moi.

— Vous ?

— Moi, et voilà son père.

— Qui ? le général ?

— Oui ; et l'enfant, où est-elle ?

— Claudine ? Tenez, la v'là là-bas qui revient des champs.

Claudine paraissait dans ce moment, suivie de sa chèvre ; elle portait dans son tablier de l'herbe pour ses lapins. Robert court à elle, l'enlève dans ses bras. Claudine eut peur.

— Au secours ! au secours ! criait-elle en cherchant à s'échapper.

— Ne crains rien, mon petit ange, viens, viens voir ton papa.

— Mon papa ? je n'en ai point, lui répondit Claudine.

— Hélas ! ce n'est que trop vrai, mon enfant, disait Catherine tout en pleurs ; ils vont nous séparer, je n'y survivrai pas.

— Jamais ! jamais ! ma bonne mère, je ne veux pas partir, je ne te quitterai pas.

— Rassurez-vous, leur dit le vieux soldat ; laissez-moi faire, je réponds de tout.

Claudine fut revêtue de ses habits de fête, on lui plaça le portrait sur sa poitrine, et tous trois attendirent impatiemment le réveil du malade.

Le général ouvrit enfin les yeux, le sourire effleura ses lèvres à la vue de son fidèle Robert debout à ses côtés.

— Eh bien ! quelle nouvelle ? demanda-t-il.

— Une excellente, mon général.

— Les Autrichiens sont battus, n'est-ce pas ?

— Oh ! ce n'est pas du nouveau, ça, mon général ; il y a mieux que cela.

— Quoi donc ?

— Regardez-moi un peu cette belle enfant, mon général.

— Oui, je la vois, elle est fort belle, en effet.

— Mais regardez-la bien, mon général, et vous me direz s'il y en a une plus belle dans tout l'univers.

— Que vois-je ! s'écria le général en apercevant le portrait.

— C'est le portrait de sa mère, mon général.

— Mais c'est celui de ma femme !

— Et voilà sa fille qu'elle me confia, vous savez, cette nuit où, surpris par les Autrichiens, nous fûmes forcés de nous replier vers le gros de l'armée. Vous ne l'avez pas oublié, général, votre femme, qui vous avait suivi, et qui, craignant de tomber entre les mains des ennemis, fut contrainte de s'enfuir à pied. Je l'accompagnais portant votre petite fille dans mes bras. Tout à coup des soldats autrichiens se montrèrent ; je m'élançai à travers la plaine. Votre femme avait disparu, elle était parvenue en lieu de sûreté. Quant à moi, je fus poursuivi, blessé. C'est alors que je gagnai à grand'peine ce village, où je vous annonçai que j'avais déposé votre enfant avec le portrait de sa mère suspendu à son cou entre les mains d'une jeune villageoise. Eh bien, général ! embrassez donc votre fille.

A ces mots il suspendit l'enfant au cou de son père, qui la dévora de caresses.

— Général, ajouta le soldat, voici aussi la bonne femme qui vous la conservée ; elle veut bien vous la rendre ; mais à une condition.

— Une condition ?

— Oui, général ; c'est que, voyez-vous, elle est décidée à mourir si vous la séparez de sa Claudine.

— Dieu m'en préserve ! elle nous suivra.

Le lendemain matin, une voiture les transporta tous au quartier général. La paix était signée. Arrivée en France, Claudine fut rendue à sa véritable mère.

Une nouvelle vie commença alors pour elle, vie d'opulence et de grandeur ; mais, au sein de la prospérité, au milieu des plaisirs et des fêtes dont on l'entourait, elle eut toujours pour Catherine le cœur d'une fille. Sa tendresse pour elle ne se démentit jamais.

Tonin CASTELLAN.

L'Aumone heureuse.

L'AUMONE HEUREUSE

Dans une des parties les plus fertiles et les plus pittoresques de l'industrieuse et riche province de Normandie, se voit, à quelque distance de la route, un château magnifique devant lequel s'arrête, en passant, le voyageur émerveillé. L'heureux possesseur de ce beau domaine est, depuis 1825, M. Dervilly.

Ce qui avait alors déterminé M. Dervilly, riche capitaliste, à abandonner le fracas de la ville pour se fixer dans cette splendide habitation, était la perte récente de son épouse tendrement aimée, qui, à son lit de mort, lui avait fait jurer de

17

se consacrer désormais tout entier à l'éducation de Marie et de
Fanny, leurs uniques enfants. Marie pouvait alors avoir quinze
ans, et Fanny quatorze. Toutes les deux étaient jolies, mais de
caractères bien différents : la première était bonne, douce,
affectueuse; l'autre, fière, impétueuse, et d'une insensibilité
extraordinaire. Les deux sœurs s'aimaient néanmoins tendrement.

Un jour qu'elles se promenaient ensemble sur une terrasse
qui longe la route, en s'entretenant de quelques petites acqui-
sitions de toilette qu'elles se promettaient de faire, leurs oreilles
furent frappées par les accents d'un pauvre aveugle qui demandait la charité. Un jeune enfant le conduisait. Marie courut
aussitôt du côté d'où partait la voix. Fanny, après avoir inutilement essayé de la retenir, s'était déterminée à la suivre. Émue
de pitié à l'aspect du vieillard, dont les boucles de cheveux
blancs retombaient sur les épaules, et qui, souffrant et débile,
s'appuyait sur un long bâton, la jeune fille tira aussitôt une
pièce de cinq francs de sa bourse, et la laissa tomber, en dépit
des représentations de sa sœur, dans la main de l'enfant, qui,
ébloui d'une telle générosité, la combla de bénédictions.

— Qui que vous soyez, dit à son tour le pauvre aveugle, que
Dieu vous récompense de la bonne action que vous venez de
faire; sans vous, en vérité, je ne sais pas si mon bon petit
Jacques et moi nous ne serions pas morts de faim, car, jusqu'à
ce moment, nous n'avions partout éprouvé que des refus.

Lorsqu'ils se furent éloignés, les deux jeunes filles conti-
nuèrent leur promenade et reprirent la conversation qu'avait
interrompue cet incident.

— A quoi penses-tu donc? dit alors Fanny à sa sœur; d'a-
près nos calculs, tu n'avais que tout juste la somme nécessaire
pour acheter cette écharpe semblable à la mienne; maintenant

cela n'est plus possible, car tu sais fort bien que mon père ne
nous donne qu'à la fin de chaque mois l'argent destiné à nos
menus plaisirs.

— Je ferai comme le mois dernier, lui répondit en sourian
Marie : j'attendrai ; ou bien j'aurai une écharpe un peu moins
belle.

— Non pas, mon enfant, dit une voix qui sortait d'un bos-
quet près duquel se trouvaient les jeunes filles, non-pas, tu ne
seras pas forcée d'attendre et tu n'auras pas une écharpe moins
belle que ta sœur ; tu garderas ton argent, car tu en fais un
trop bon usage, et c'est moi qui te ferai cadeau, demain, tout
de suite, de ce colifichet. Allons, viens que je t'embrasse.

A ces mots, l'on vit sortir d'une touffe de feuillages M. Dervilly, car c'était bien lui-même, lui qui avait entendu toute la
conversation des deux jeunes filles, et qui, charmé de la charité de Marie, la pressait maintenant sur son cœur.

Quant à Fanny, il ne lui fit aucun reproche, mais aussi
aucune caresse ; il lui jeta seulement un regard sévère qui lui fit
monter la rougeur au front.

Au bout de quelques instants, ils se trouvèrent en face de la
porte du parc ; ils y rencontrèrent encore le vieux mendiant.

— Je veux achever l'œuvre que tu as si bien commencée,
dit M. Dervilly à Marie ; va le chercher ainsi que son guide, et
conduis-les au château ; là, tu donneras des ordres pour qu'on
leur fasse faire un bon dîner.

Marie présida à leur repas, et, pendant tout ce temps, jouit
du bonheur qu'ils paraissaient ressentir. Lorsqu'ils eurent
achevé, ils se levèrent pour prendre congé d'elle et poursuivre
leur route.

— Il se fait tard, dit mademoiselle Dervilly ; si vous voulez
rester jusqu'à demain matin, vous en êtes libres.

— Oh ! Mademoiselle, c'est Dieu qui parle par votre bouche, s'écria l'aveugle pénétré de reconnaissance. Vous devrez être heureuse, si le ciel entend les prières des indigents qui l'invoquent pour vous.

Lorsque le soir fut arrivé, un domestique vint chercher le vieillard et le petit Jacques pour les conduire dans une chambre que l'on avait préparée pour eux.

— J'aurais une grâce à réclamer de vous, dit l'aveugle. Depuis longtemps je suis accoutumé à coucher sur la dure. Si j'étais étendu comme vous dans un bon lit, je ne pourrais pas dormir. Je préférerais une poignée de paille dans le coin d'une grange ; ne me refusez pas.

Les désirs du vieillard furent exaucés.

Déjà la nuit était avancée ; aucun bruit ne se faisait entendre, partout régnait la plus profonde obscurité. Tout à coup l'aveugle crut distinguer un mélange de voix confuses. Il prêta l'oreille et fut bientôt convaincu qu'il ne se trompait pas ; il se rapprocha du mur d'où lui semblaient venir ces sons mystérieux ; plusieurs personnes, rassemblées de l'autre côté, paraissaient former un conciliabule. Il éveilla Jacques, et l'avertit d'être, comme lui, attentif, et de tâcher de saisir le sens des paroles prononcées à cette heure. Bientôt les voix devinrent plus distinctes.

— Tout dort, disait un individu ; le moment est favorable pour mettre notre projet à exécution.

— J'aperçois encore une lumière à une fenêtre du château, reprit un autre ; il faut attendre qu'elle soit éteinte.

— Tu es bien sûr, Pierre, de l'endroit où M. Dervilly met son or ; cela doit former une somme considérable ? Car nous savons qu'en se retirant des affaires il a réuni tous ses capitaux et qu'il n'en a pas encore opéré le placement.

— Ah çà! prenons bien nos mesures d'avance, afin que notre entreprise ne puisse échouer. Toi, Georges, c'est toi qui devras mettre le feu à l'aile du château qu'habitent M. Dervilly et sa famille; toi, Pierre, tu devras profiter du trouble occasionné par l'incendie pour monter jusqu'à la chambre de M. Dervilly, pour forcer son secrétaire et t'emparer des valeurs qu'il renferme.

— Et puis, comme il n'y a que les morts qui ne parlent pas, fit un autre en poussant un éclat de rire féroce, ce sera nous autres qui, pendant ton expédition, nous chargerons de dépêcher les maîtres et les valets.

— C'est entendu. Cette diable de lumière brille toujours. Allons, il faut nous résoudre à attendre; asseyons-nous ici, bien fin qui nous découvrira.

Jacques et l'aveugle retenaient leur haleine; l'horreur et l'épouvante avaient glacé leurs cœurs.

— Eh quoi! dit le vieillard, laisserons-nous ainsi périr notre jeune protectrice? Que faire?

— Fiez-vous à moi, répondit Jacques, je me charge d'aller prévenir les habitants du château du danger qui les menace.

— Que Dieu te conduise, mon enfant.

La porte de la grange était restée entr'ouverte, Jacques le franchit sans bruit, s'étendit à plat ventre, et, comme un serpent, glissa sur le gazon; il parvint ainsi, sans avoir été aperçu ni entendu des scélérats qui méditaient leur crime, jusqu'au château. Il se rappela que tout à côté de la cuisine se trouvait un cabinet qui donnait sur le parc, et dans lequel couchait le domestique qui les avait conduits à la grange. Il se faufila le long du mur jusqu'à sa fenêtre, et frappa un léger coup. Le domestique s'éveilla,

— Par ici, dit Jacques à voix basse, et faites silence, il y va de votre salut à tous. Ouvrez-moi votre fenêtre ; je suis Jacques, le guide du pauvre aveugle que vous avez accueilli.

Quelques instants après, tout le château était sur pied.

M. Dervilly, à l'aide d'une lanterne sourde, rassembla tous ses gens et leur distribua des armes. Jacques se munit d'un pistolet.

On savait par quel endroit devait commencer l'attaque ; ce fut là que M. Dervilly et trois hommes se postèrent, prêts à faire feu sur le premier qui se présenterait. Quand toutes les précautions furent bien prises, on éteignit la lumière, dont la lueur seule avait jusqu'ici suspendu l'exécution de l'entreprise formée par les brigands.

Cinq minutes ne s'étaient pas écoulées, qu'un léger bruit se fit entendre ; puis on put distinguer les pas d'un individu qui s'avançait avec mystère. Quand il fut arrivé, il déposa un paquet de sarments, et bientôt quelques étincelles jaillirent d'un briquet.

En ce moment, trois coups de feu partirent ensemble, et cet individu tomba en poussant un effroyable cri. Presque au même instant, et à un signal donné, toutes les fenêtres du château se trouvèrent illuminées, et l'on aperçut cinq autres individus qui, se voyant découverts, se ruèrent avec fureur sur les habitants du château. Armés jusqu'aux dents, ceux-ci n'eurent pas de peine à les repousser ; quatre étaient déjà étendus à terre, lorsque le cinquième, qui n'avait reçu aucune blessure, s'élança, un poignard à la main, dans l'intérieur du château. Un cri d'effroi retentit ; à ce cri succéda une détonation. M. Dervilly et ses gens se précipitèrent pleins d'angoisses dans l'appartement d'où semblait provenir ce tumulte. Sur le carreau gisait le brigand, la mâchoire fracassée ; à genoux, près de

Fanny évanouie, étaient Jacques et Marie qui lui prodiguaient des secours.

Bientôt elle rouvrit des yeux pleins d'égarement ; mais, en apercevant sa sœur et son père qui la soutenaient dans leurs bras avec tendresse, elle se rassura et put leur raconter ce qui s'était passé.

Elle était seule, tremblante, éperdue dans cette salle, quand un homme, les cheveux épars, la figure bouleversée et respirant la rage, se trouva tout à coup à ses côtés, leva sur elle un poignard.

Elle allait tomber sous le coup de ce forcené ; c'est alors qu'elle poussa un cri. Il fallait un miracle pour la sauver ; ce miracle s'est opéré. Jacques, le brave petit Jacques, s'était mis à la poursuite du scélérat sans qu'il le vît, et au moment où il allait frapper sa victime, l'intrépide enfant lui avait tiré à bout portant son pistolet et lui avait brisé la mâchoire. Le guide de l'aveugle avait sauvé Fanny.

A ce récit, M. Dervilly saisit l'enfant dans ses bras et s'écria :

— Mes amis, c'est à lui que nous devons tous la vie ; lui aussi sera mon enfant, il ne nous quittera plus. Je me charge de sa fortune.

Jacques baissa silencieusement la tête.

— Eh bien ! Jacques, est-ce que cet arrangement ne te convient pas ?

— Excusez-moi, Monsieur, si je vous refuse ; mais là-bas, dans cette grange, est un pauvre aveugle à qui je sers de guide ; si je l'abandonnais, il mourrait de faim.

Ému jusqu'aux larmes de la charité du pauvre Jacques, M. Dervilly le rassura sur le sort de l'aveugle.

— Tranquillise-toi, mon ami, lui dit-il, tu peux accepter

mes offres ; ce bon vieillard ne nous quittera pas non plus ; jamais il n'éprouvera le besoin.

Aujourd'hui, Jacques, à qui M. Dervilly a fait donner une éducation brillante, est l'un de nos meilleurs officiers de l'armée d'Afrique ; M. Dervilly le regarde comme son fils.

Le vieil aveugle est mort depuis quelques années, entouré de soins et de prévenances. Marie, toujours bonne et compatissante, a épousé un célèbre avocat qui la rend heureuse ; et Fanny, Fanny, corrigée par les événements de cette nuit mémorable, a chassé loin d'elle sa fierté et son insensibilité passées. Épouse et mère, elle raconte souvent à ses enfants cette véridique histoire, en leur faisant remarquer quels heureux résultats avait eus pour tous, et en particulier pour elle, l'heureuse aumône de Marie.

ORTAIRE FOURNIER.

EUGÈNE ET MARIE

C'était à la fin de 1811; Napoléon achevait sespréparatifs de guerre pour cette désastreuse campagne de Russie qui devait entraîner la perte de ce conquérant, à qui l'histoire, malgré ses fautes et ses revers, a décerné le titre de grand, tant était vaste son génie, tant fut prodigieuse sa fortune. Tout ce qui était capable de porter les armes fut appelé sous les drapeaux.

Déjà depuis quatre ans Pierre Triboul avait uni son sort à celui d'une jeune paysanne, bonne ménagère qui lui avait donné deux jolis enfants à un an de distance l'un de l'autre. Eugène et Marie n'avaient point de plus grand bonheur, à ce qu'il semblait, que de voir leur père, au retour des champs, les prendre entre ses bras et déposer sur leurs fronts, si jeunes encore, un baiser. Cette caresse apaisait soudain leurs cris, leurs petites colères. Aussi, lorsque Pierre Triboul les tenait au coin de son feu, assis sur l'un de ses genoux, n'aurait-il pas changé son sort contre celui du plus puissant monarque de la terre. Or, tout cet échafaudage de joie et de prospérité croula un jour. La fatale conscription l'atteignit. Je ne vous dirai pas toutes les larmes qui furent alors répandues. Il fallut se résigner. Le paysan prit bravement le mousquet et partit, non sans avoir serré mille fois entre ses bras sa femme, son Eugène et sa petite Marie, non sans avoir répété mille fois la promesse d'écrire souvent. Il fut fidèle à sa parole. Dieu semblait le protéger. Les balles, détournées de lui comme par une main invisible, ne l'atteignirent pas. Pierre avait de l'intelligence, de la bravoure, il ne tarda pas à être élevé au grade de sergent. Les aigles françaises, victorieuses à Wilna, Witebsk, Smolensk, dans les plaines de Borodino, planaient sur les remparts de Moscou, la ville sainte, où Napoléon avait résolu d'établir ses quartiers d'hiver, quand parvint tout à coup la nouvelle de l'effroyable incendie de cette cité, incendie allumé par le sauvage patriotisme de son gouverneur Rostopchin. L'hiver était rigoureux, inflexible ; il fallut songer à la retraite, et elle commença en effet, cette retraite fatale, durant laquelle tant de nos soldats devaient rester ensevelis sous les neiges ou bien tomber sous la lance d'innombrables nuées de Cosaques et de Tartares. De ce moment, l'on n'entendit plus parler de Pierre Triboul. Était-il mort ou avait-il été seulement fait prisonnier ? Les bulletins officiels n'en disaient rien, et sa malheureuse femme, livrée à toutes les angoisses de l'incertitude, attendit vainement son retour. Eugène et Marie grandissaient. Chaque jour ils priaient Dieu pour qu'il leur rendît leur père, dont, malgré leur jeune âge, ils se rappelaient les caresses. Arrivèrent les événements de 1815, la restauration. Les prisonniers de guerre sont rendus à leurs foyers. Des déserts de la Sibérie arrivent plusieurs des infortunés que l'inclémence de la saison et le sort des armes avaient trahis dans les plaines de la Russie. Pierre Triboul ne se trouva pas parmi eux ; mais un soir que sa femme et ses deux enfants, à genoux dans leur cabane, invoquaient Dieu, un léger coup frappé à la porte annonça qu'un voyageur demandait l'hospitalité. Eugène courut ouvrir. Un soldat, la tête enveloppée d'un mouchoir, les pieds environnés de paille, les habits tombant presque en lambeaux, entra et fit le salut militaire.

— Est-ce là, dit-il, que demeure madame Triboul?

Surprise de s'entendre nommé par un individu qu'elle ne connaissait pas et dont l'aspect misérable n'avait rien de bien rassurant, c'est à peine si la jeune femme trouva la force de lui répondre un *oui* bien faible et d'une voix bien tremblante.

— Oh! n'ayez pas peur, dit le soldat, je ne vous veux pas de mal; je ne suis pas bien habillé, c'est vrai; mais, voyez-vous, quand on *a tricoté des jambes* depuis le fin fond de la Sibérie, joli pays ma foi, où l'on gèle tout debout et où le soleil, au lieu de rire, vous fait à peine une grimace, les fourniments et l'uniforme perdent de leur lustre, mais ce n'est pas de ça qu'il s'agit pour le quart d'heure. Je viens vous apporter des nouvelles de votre mari, de Pierre Triboul.

La jeune femme poussa un cri.

— De mon mari, dites-vous? de mon mari?

Et se précipitant vers le soldat qui la soutint, car elle était prête à tomber affaissée sous le poids de son émotion, elle joignit les mains comme pour l'implorer:

— Oh! dites, vit-il encore, mon pauvre Pierre?

— Oui, répondit le soldat.

—Mon Dieu, soyez béni! Oh! mes enfants, vous n'êtes donc pas orphelins!

— Papa, papa va donc revenir? s'écrièrent Eugène et Marie.

A cette question de ses enfants, la jeune mère leva les yeux vers le messager de son mari et les tint fixés avec anxiété sur lui, attendant sa réponse.

—Minute, ça ne va pas si vite. Quand je suis parti, il n'était pas encore en route et il ne savait pas s'il recevrait l'ordre de filer. C'est même pour ça qu'il m'a recommandé de venir en passant vous souhaiter un petit bonjour de sa part.

A ces mots, la femme du prisonnier laissa tomber douloureusement sa tête sur sa poitrine; des sanglots étouffèrent sa voix. Le soldat entreprit de la consoler.

—Faut pas vous affliger comme ça, ma petite mère; votre mari n'est pas mort, et c'est déjà quelque chose. Quand un homme vit, il y a toujours l'espoir de le revoir. Je suis bien revenu, moi, vieux grognard, tout brisé par l'âge et qui aurais dû succomber à la fatigue de la route Pierre aura été oublié; il ne s'agit que de faire savoir cette circonstance à l'empereur de Russie. Pourquoi est-ce qu'il le garderait, s'il le savait? Allons, allons, du courage, Pierre est jeune, il a le temps d'attendre les démarches que vous pourrez faire pour obtenir sa liberté.

Ces paroles firent renaître un rayon d'espérance dans le cœur de madame Triboul. Elle se promit de suivre le conseil du soldat. Ce dernier fut choyé, caressé par les enfants, fêté, et, comme il n'avait point de famille, qu'il était pauvre, il consentit sans peine à se fixer auprès de la famille de son compagnon de captivité.

Cependant, la femme de Pierre Triboul avait fait écrire au

ministre de la guerre pour lui faire part de la non-mise en liberté de son mari. Le ministre lui avait répondu qu'il s'occupait de cette affaire; elle attendait. Un an, deux ans s'écoulèrent sans qu'elle entendît parler de rien. Elle renouvela ses réclamations, qui restèrent sans effet. Minée par le chagrin, elle tomba bientôt dans un état de langueur qui fit craindre pour ses jours. Sans cesse elle parlait à ses enfants de leur père, de l'affreuse existence qu'il traînait dans les déserts de la Sibérie. Le vieux soldat qu'elle avait recueilli chez elle était mort.

On était arrivé à la fin de l'année 1822. Eugène avait treize ans, Marie en avait douze. La neige tombait avec violence, il faisait un froid terrible. Le soir était venu. Un fagot tout entier, jeté dans l'âtre, répandait une chaleur bienfaisante. Pâle, amaigrie, tremblant la fièvre, la mère d'Eugène et de Marie demeurait silencieuse, assise au coin du feu, et regardait avec une expression profonde de mélancolie ses deux enfants qui couvraient ses épaules, tout son corps, d'une bonne et chaude couverture de laine, pour la préserver du trop vif contact de l'air. Lorsqu'ils eurent fini cette besogne pieuse, ils prirent chacun un escabeau et se placèrent à ses pieds. Une larme brilla dans les yeux de la pauvre femme qui, passant ses doigts dans les boucles de leurs cheveux, se prit tristement à dire :

— Eugène, aime bien ta sœur; veille sur elle, mon ami, protége-la toujours, car, vois-tu, je me sens bien mal. Mes pauvres enfants, le bon Dieu me rappelle à lui, je vais bientôt vous quitter. Ah! mon Dieu, combien je serais moins malheureuse si votre père, votre père qui souffre sous un ciel si dur, était ici. Si, avant de mourir, je pouvais presser ses mains dans les miennes, si je pouvais vous recommander à lui, vous mettre là... sur son cœur. Eugène, Marie, promettez-moi de faire, aussitôt que vous le pourrez, tout ce qui dépendra de vous pour hâter sa délivrance.

Elle éclata en sanglots, pressa sur ses genoux la tête de ses deux enfants qui, penchés sur elle, pleuraient sans pourtant se douter encore que la mort de leur mère était si proche. Hélas! les pauvres petits, huit jours ne s'étaient pas encore écoulés après cette scène déchirante, qu'ils étaient orphelins.

Ah! je ne vous dirai pas quels furent leur douleur, leur désespoir. Chaque jour, le matin et le soir, ils allaient prier sur le tombeau de leur mère. De leurs bras ils entouraient la croix de bois qu'on avait placée sur cette tombe; ils demandaient, à l'ombre de leur mère, de les inspirer. Une fois Eugène se leva tout à coup, le front brûlant, l'œil brillant d'une énergie extraordinaire, il prit la main de sa sœur, puis, étendant le bras du côté de l'horizon, il lui dit :

— Marie, là-bas, là-bas est notre père, il faut l'aller chercher. Vois-tu, tandis que je priais là, tout à l'heure, il m'a semblé qu'une voix venant de cette tombe me disait : — Eugène, il faut partir!

— Eh bien! partons! répondit Marie.

Les enfants retournèrent dans leur cabane, firent un petit paquet de leurs hardes qu'ils placèrent sur le dos d'un magnifique chien de Terre-Neuve, qui avait appartenu au vieux soldat et qui était devenu leur fidèle compagnon. Puis, sans mot dire à personne de leur projet, ils se mirent bravement en route, à la grâce de Dieu! Ils allèrent de village en village, demandant de quel côté il fallait se diriger pour aller en Sibérie. Souvent ceux à qui ils s'adressaient ne leur répondaient que par un regard étonné ou par un sourire, mais souvent aussi cette question piquait la curiosité. On interrogeait les enfants, ils racontaient leur histoire et, touchées de ce prodige

de l'amour filial qui les faisait entreprendre un si long voyage,
des personnes charitables leur fournirent les moyens de poursuivre leur route. D'indices en indices, ils parvinrent ainsi à
gagner la frontière d'Allemagne; ils traversèrent la Prusse, la
Pologne et gagnèrent enfin les plaines de la Russie. Durant
leur pèlerinage, ils avaient retenu assez de mots russes et po-
lonais pour pouvoir se faire comprendre, et leurs questions,
lorsqu'ils demandaient le chemin de la Sibérie, ne restaient
plus maintenant sans réponse ; mais combien ils eurent à souffrir, ces pauvres enfants! Que de fois, plus ils s'avançaient
vers le nord, Marie se vit sur le point de succomber au froid
et à la fatigue; la terre était couverte d'une couche épaisse de
neige, la glace lui déchirait les pieds. Eugène imagina un ex-
pédient; il avait vu souvent de légers traîneaux traînés par des
chiens glisser à travers ces plaines. Il forma, avec des bran-
chages, une espèce de claie à laquelle il attacha Castor (c'était
le nom du chien qui les escortait). Puis, sur cette voiture de
nouvelle espèce, il fit asseoir sa sœur qu'il conduisait ainsi en
tenant Castor en laisse. Enfin, ils arrivèrent à Tobolsk, capitale
de la Sibérie, et là ils demandèrent si l'on ne connaissait pas
un prisonnier français du nom de Pierre Triboul. O bonheur!
l'individu auquel ils s'adressent a entendu parler de ce prisonnier, il l'a vu, il sait où il demeure, il habite une cabane qui
n'est pas éloignée de la sienne, il se charge d'y conduire les
enfants. Pierre Triboul était en train de prendre son frugal
repas lorsque la petite troupe se présenta. Surpris, il se lève.
Eugène et Marie se précipitent dans ses bras, en s'écriant en
français · — Mon père! ô mon père! Car l'instinct avait parlé
en eux, ils avaient deviné que c'était bien là celui qu'ils cher-
chaient. Pierre ne savait pas s'il devait en croire ses oreilles et
ses yeux. Il presse contre son cœur ses enfants, qui bientôt le

mettent au courant de tous les événements qui se sont succédé depuis son départ pour la guerre, et qui les ont amenés, eux, pauvres orphelins, à prendre la détermination de venir le rejoindre.

Le bruit de cette aventure se répandit; le gouverneur de Tobolsk en eut connaissance. Frappé d'admiration, ému de la piété filiale d'Eugène et de Marie, il en écrivit à l'empereur, qui ordonna immédiatement la mise en liberté de Pierre Tribou et lui fournit généreusement les moyens de retourner dans sa patrie avec ses enfants qui, aujourd'hui encore, l'entourent de leur respect et de leur amour.

ORTAIRE FOURNIER.

ANDRÉ L'ESCLAVE

Il y avait à Alger, alors qu'Alger n'était pas encore la conquête de la France, et que son port lançait sur la Méditerranée ces légers vaisseaux qui y portaient la désolation; il y avait, disons-nous, un ancien pirate qui, après avoir longtemps fait la course, et y avoir acquis d'assez grandes richesses, avait renoncé à la mer, et se reposait de ses longues fatigues auprès de ses deux filles, le plus riche des trésors qu'il possédât.

19

Aziza et Zirma étaient l'orgueil et la joie de leur père. Aziza avait dix-huit ans, Zirma avait quinze ans à peine. Toutes deux s'aimaient de la plus tendre amitié. Elles ne se quittaient presque jamais, et l'une n'avait pas une pensée qui n'eût un écho dans le cœur de l'autre ; elles semblaient vivre de la même vie, et n'avoir qu'une seule et même âme. Pour elles seules, Ali était doux et bienveillant. Pour tout le monde, la dureté et, il faut le dire, la cruauté qu'il avait contractées dans son métier de pirate, le rendaient un homme redoutable. Ses esclaves étaient peut-être les plus malheureux de tous ceux de la régence. Les chrétiens surtout étaient en butte aux plus mauvais traitements ; c'était à eux qu'étaient donnés les travaux les plus pénibles, et la plus légère faute était cruellement punie. Parmi les chrétiens qui gémissaient dans ses fers se trouvait un jeune Français qui comptait à peine dix-huit ans ; on l'appelait André. Son jeune âge ne l'avait pas exempté des rudes travaux de ses compagnons ; et plus que tout autre il paraissait souffrir, malgré sa résignation apparente.

A l'extrémité du jardin de la somptueuse demeure d'Ali se trouvait un kiosque où Aziza et Zirma aimaient à s'aller reposer pendant la chaleur du jour. C'était là qu'elles passaient ensemble leurs plus douces heures ; et si parfois l'ennui gagnait Aziza : « Chante, disait-elle à sa sœur, car ta voix est si douce qu'il me semble entendre une céleste harmonie. » Zirma prenait alors sa mandoline et chantait, étudiant dans les regards de sa sœur les accords qui savaient mieux la charmer. Souvent aussi, à travers les jalousies du kiosque, elles regardaient les pauvres esclaves chrétiens, et plus d'une fois elles les avaient plaints en voyant ces malheureux haletants, couverts de sueur et de poussière, travailler sans relâche sous l'œil d'un gardien sévère. Un jour, Zirma fit remarquer à sa sœur un jeune esclave qui se traînait avec peine : « Vois donc, ma sœur, lui disait-elle, il est tout jeune encore, et comme il semble accablé ; la sueur ruisselle de son visage. Pauvre enfant ! son front est brûlé par les rayons du soleil, et il faut qu'il travaille sous ce ciel de feu. » André, car c'était lui, vint s'asseoir ou plutôt se jeter à terre à l'ombre d'un myrte qui croissait au pied du kiosque ; puis il commença une mélodie plaintive, et ces accents montèrent aux oreilles des deux jeunes filles :

Il est un doux pays où tout n'est pas de feu,
Où la colline est verte et verte la prairie ;
Puis il est une enfant, au front blanc, à l'œil bleu,
Dont la voix est suave et pleine d'harmonie :
Dans ces lieux fortunés, je reçus la naissance,
J'ai bien souvent pressé cette enfant sur mon cœur :
  Ce pays, c'est la France !
  Cette enfant, c'est ma sœur.

Alors j'étais heureux ! Mais je suis prisonnier
Dans ces climats brûlants et loin de ma patrie ;
Et toi qui, près de moi, le soir venais prier,
Ma sœur, je n'entends plus ta voix douce et chérie :
Dois-je donc, ô mon Dieu ! perdre toute espérance ?
Me faut-il pour jamais renoncer au bonheur ?
  Reverrai-je la France ?
  Reverrai-je ma sœur ?

Puis le jeune esclave se laissa aller à terre et fondit en larmes. Les deux sœurs pouvaient entendre les sanglots qui l'étouffaient. Zirma sentait ses yeux se mouiller de pleurs ; elle reprit la mélodie qu'il avait cessé, et chanta d'une voix émue :

Le pinson a quitté le nid qui l'abritait :
L'aigle le voit, s'élance et l'étreint dans sa serre ;
Mais il a pris pitié de l'oiseau qui chantait,
Et déjà le pinson a retrouvé son frère.

Pauvre enfant exilé, ne perds pas l'espérance,
Et peut-être bientôt renaîtra le bonheur.
Tu reverras la France!
Tu reverras ta sœur!

En entendant ces mots, André se redressa tout à coup; puis tombant à genoux : « Qui que tu sois, s'écria-t-il, qui m'envoies l'espérance, je te remercie; cette voix si douce ne saurait mentir, et tu m'as rappelé ma sœur. »

Mais déjà le chef des esclaves l'appelait rudement, et le gourmandait d'avoir quitté son travail.

— O ma sœur, qu'as-tu fait? dit Aziza quand il fut éloigné; tu lui dis d'espérer, et tu sais bien que jamais notre père n'a rendu la liberté à un de ses esclaves. — Il avait l'air si malheureux ! et d'ailleurs une pensée m'est venue : c'est demain le jour de ta naissance, et, tu le sais, jamais notre père n'a manqué de t'accorder ce jour-là quelque beau présent; eh bien, ma sœur, tu lui demanderas en présent la liberté de cet enfant, n'est-ce pas? Il a une sœur, dit-il; songe un peu quelle douleur serait pour nous si nous étions jamais séparées. Il doit être bien à plaindre! Aziza embrassa sa sœur, et la pressant dans ses bras : — Chère Zirma, nous séparer! Oui, je comprends bien la douleur de ce jeune esclave. Je demanderai sa liberté à mon père; mais je doute qu'il nous l'accorde.

Le lendemain, Aziza et Zirma vinrent se jeter aux pieds d'Ali : — Mon père, dit Aziza, c'est aujourd'hui le jour de ma naissance; chaque année tu m'accordes, ce jour-là, le présent que je te demande, quelque riche qu'il soit. Je viens aujourd'hui t'en demander un que je te supplie de ne pas me refuser. — Parle, ma fille chérie, il n'est pas besoin que ce soit le jour de ta naissance pour que je t'accorde ce que tu désires; j'ai des richesses, mais c'est pour vous, mes enfants, que je les ai acquises, et mon plus doux plaisir est de les employer à votre bonheur. — Nous venons vous demander, mon père, la liberté d'un jeune esclave chrétien. Ali fronça le sourcil : — Que demandes-tu, ma fille ! La seule chose que je ne puisse t'accorder ! Non, jamais je ne consentirai à accorder la liberté à un de ces chrétiens nos plus cruels ennemis. Qui peut donc t'intéresser à cette race perfide ? — Aziza raconta alors à son père ce qu'elles avaient entendu ; et les deux sœurs mirent tant d'insistance à leur prière, qu'Ali parut fléchir. — J'y consens, dit-il, mais à une condition, cependant. Comme j'ai fait le serment de ne jamais rendre à la liberté un esclave chrétien, je veux qu'il me donne une rançon. Les deux sœurs pensèrent aussitôt qu'elles pourraient l'aider à la payer à l'insu de leur père. Ali fit venir André. — Chien, lui dit-il, mes filles ont demandé ta liberté : quoique j'aie juré de ne délivrer jamais un esclave chrétien, j'ai cédé à leur prière ; mais à la condition cependant que tu paieras une rançon. Va, demain on te dira ce que j'exige. André se jeta aux pieds des jeunes filles, baisa le bas de leur robe et se retira les remerciant d'un regard où se peignait toute sa joie. Mais quand Ali fut seul, il fit venir le chef des esclaves. — Demain, lui dit-il, tu prendras le premier prétexte venu, et tu feras donner vingt coups de bâton à André le Français, et ainsi tous les jours jusqu'à ce que je te fasse dire assez. Veille cependant à ce qu'il ne s'écarte jamais de toi.

Le surlendemain, le chef des esclaves vint en tremblant se jeter aux genoux d'Ali : — Maître, lui dit-il, je viens implorer ta clémence. — Qu'as-tu fait ? — Hier, d'après tes ordres, j'ai fait donner vingt coups de bâton à l'esclave français ; mais aujourd'hui il est en fuite, et nous n'avons pu retrouver ses traces. — Va, je te pardonne ; et tandis que le malheureux se

retirait aussi joyeux qu'étonné d'une clémence si inusitée : —
Tant mieux, se disait tout bas Ali. La faim, la soif ou les Arabes
m'auront bientôt débarrassé de ma promesse.

Cependant Ali projetait depuis quelques temps un voyage
dans l'intérieur, où il devait rejoindre un frère qu'il n'avait
pas vu depuis longues années; il se décida à partir. Et, bien
que le nom d'Ali fût assez redouté pour que les Arabes errants
ne songeassent pas à l'attaquer ; comme ce voyage devait durer
plusieurs jours et qu'on avait à traverser des parties désertes,
il prit quelques précautions, et deux jours après la petite caravane se mit en marche. En tête étaient les serviteurs d'Ali,
puis Ali avec ses deux filles; et derrière, gardés par des hommes
armés, marchaient les esclaves chrétiens attachés deux à deux.
La première journée se passa sans encombre; mais le soir,
comme ils entraient dans les montagnes, Ali vit paraître quelques Arabes qui s'arrêtaient en les voyant, puis disparaissaient
soudain pour se montrer plus loin. Ils semblaient les suivre et
les guetter. Il en conçut quelque inquiétude et fit préparer les
armes. Il était temps, car on vit bientôt descendre un parti
composé d'environ une trentaine d'Arabes qui commencèrent
à tirer quelques coups de fusil sur la caravane. La troupe d'Ali
répondit, mais les forces n'étaient pas égales : — Va, dit Ali
au chef des esclaves, détache les chrétiens et arme-les. Mais
les chrétiens ne voulaient pas prendre les armes. — Pourquoi
nous battre? disaient-ils; esclaves là-bas ou ici, que nous im-
porte? Les Arabes d'ailleurs seront peut-être moins cruels
qu'Ali. Le chef des esclaves reporta cette nouvelle à Ali et lui
manifesta sa crainte que les esclaves ne se joignissent même
aux Arabes. Cependant, le combat était devenu très-vif. Les
Arabes, irrités de la perte d'un des leurs, s'étaient jetés sur la
troupe d'Ali et avaient commencé un combat corps à corps

où la supériorité du nombre leur donnait un avantage décidé.
Ali et les siens se défendaient vaillamment, mais chaque instant voyait diminuer leurs forces. Aziza et Zirma, pâles,
tremblantes, poussaient des cris déchirants. Les Arabes ont
pénétré jusqu'à elles, et déjà l'un d'eux s'est emparé de Zirma,
qu'il enlevait, lorsque tout à coup paraît un jeune homme
couvert à peine de quelques vêtements. D'une main il saisit
l'Arabe, de l'autre arrache son pistolet et l'étend à ses pieds;
puis s'élançant au-devant des chrétiens : — Frères, leur dit-
il, au nom de Dieu qui pardonne, secondez-moi, défendons
Ali. Et montrant les deux filles : — Sauvons ces enfants qui
n'ont d'espoir qu'en nous. Les chrétiens hésitaient encore : —
Allons, frères, Ali promet la liberté. A ces mots, les chrétiens
poussent un cri de joie; ils saisissent des armes et se jettent
sur les Arabes qui entouraient Ali. Surpris, effrayés de cette
attaque terrible et soudaine, les Arabes reculent; ils tombent
les uns après les autres sous les mains des chrétiens, et bientôt
le reste de leur troupe s'enfuit et disparaît dans les montagnes. Ali est relevé couvert de blessures. Alors il demande
quel est ce jeune homme dont le secours inespéré vient de
sauver ses enfants, sa vie et sa fortune. On l'amène, il recon-
naît André, qui se jette aux pieds d'Aziza et de Zirma. —Vous
avez eu pitié de moi lorsque j'étais malheureux. J'ai acquitté
ma dette de reconnaissance. Puis se tournant vers Ali : —
Maintenant disposez de moi. J'ai fui, car je ne pouvais sup-
porter les mauvais traitements auxquels on me soumettait. —
C'est vrai, dit Ali, et le ciel m'a puni. — Ali, ajouta André,
j'ai promis aux chrétiens la liberté en ton nom, la leur don-
neras-tu? — Ils l'auront, dit Ali; et toi, jeune homme, tu re-
tourneras dans ta patrie, mais chargé de présents.

Deux mois après, André, de retour en France, serrait sa

sœur dans ses bras : — O mon frère! lui disait celle-ci, j'ai bien souvent prié pour toi; tous les soirs je te demandais au ciel. Puis André racontait à sa sœur ses maux et sa délivrance, et chantait d'une voix douce :

Ineffable bonheur que je croyais perdu,
J'étais esclave, hélas! sur la rive étrangère,
Ma sœur pour moi priait, et le ciel m'a rendu
A cet ange éploré qui demandait son frère.
Désormais de mes maux je n'ai plus souvenance.
Le plaisir, dans mon âme, efface la douleur,
    Car j'ai revu la France,
    J'ai retrouvé ma sœur.

               Auguste AUVIAL.

Sommes-nous bientôt arrivés, demanda le petit garçon.

LA CROIX D'HONNEUR

Dès le point du jour, la cloche de la paroisse lança sa grande volée; aussitôt toute la population du petit village de Royat fut sur pied, parée de ses plus beaux habits, vive, joyeuse, impatiente du plaisir que lui annonçait ce bruit. C'était la fête du pays, elle promettait d'être superbe. Le soleil lui-même, de concert avec les bons Auvergnats, avait revêtu ses plus brillantes couleurs pour que rien ne manquât à cette grande solennité. Bientôt les étrangers arrivèrent en foule de tous les environs; les marchands forains, les faiseurs de tours, les joueurs de cornemuse prirent leurs places accoutumées. Les jeunes filles, des fleurs au côté, les jeunes garçons, un ruban à leur chapeau, allaient de porte en porte accueillir les amis qui venaient leur rendre visite, les exciter par leur franche gaieté.

Tout à coup, les sons aigus de la clarinette, accompagnés de coups de grosse caisse, firent entendre leurs mélodieux accords.

— La danse! la danse!

Ces mots volèrent de bouche en bouche ; hommes, femmes, enfants, tout le monde les répéta avec transport.

A ce signal, cette bruyante jeunesse prit son essor vers la pelouse, semblable à un essaim de fauvettes qui, à la voix de leurs compagnes, fuient la chaleur de la plaine pour aller sous les voûtes épaisses du bocage se livrer à leurs folâtres jeux.

Dans un instant, la rue fut déserte ; sur la pelouse, au contraire, c'étaient des cris, des élans de joie ; l'allégresse était à son comble.

Où allaient donc Jacques et Suzanne? Pourquoi seuls, avec leur bon ami Fox, s'éloignaient-ils du village? Jacques et Suzanne étaient les enfants de Pierre Giraud, fils puîné de Jean Giraud, meunier de l'endroit. Le père de celui-ci, chef de cette nombreuse famille, était un ancien militaire qui avait fait toutes les campagnes d'Égypte, d'Italie, d'Allemagne ; blessé aux Pyramides, nommé sergent à Austerlitz, décoré sur le champ de bataille de Wagram, il n'en marchait pas moins, malgré ses quatre-vingts années, le haut du corps en avant et le jarret tendu. Chacun le saluait avec respect quand il sortait dans le village ; tout le monde le vénérait dans le pays comme un noble débris de notre ancienne gloire.

Ce jour-là, c'était aussi la fête du vieux soldat ; enfants, petits-enfants, arrière-petits-enfants, cousins, amis, se réunissaient à la même table au haut de laquelle siégeait le brave vétéran. Ce jour-là il mettait son uniforme de grenadier de la garde et sa croix d'honneur. On buvait à nos conquêtes, à la mémoire du grand capitaine ; le vieux soldat était heureux.

L'avant-veille, Suzanne avait dit à son frère :

— Jacques, veux-tu que nous fassions une surprise à notre grand-papa, le jour de sa fête ?

— Je le veux bien ; voyons, laquelle ?

— Sa croix d'honneur est bien vieille ; n'as-tu pas remarqué comme moi que l'émail est presque tout enlevé ? Portons-la chez M. Revel, à Clermont ; il la réparera, la fera bien brillante, y mettra un ruban rouge tout neuf, car le sien est tellement passé qu'on n'en distingue plus la couleur, et après-demain nous la lui présenterons en lui disant : — Bonne fête, grand-papa ; tiens, vois comme elle est belle ! Comme il sera content, n'est-ce pas, Jacques ?

— Oh ! la bonne idée ! mais de l'argent ?

— J'ai bien quatre pièces de vingt sous ; deux que m'a données grand-papa Jean pour mes étrennes, et deux autres qui me viennent de ma tante Nicolle, le dimanche où je lui apportai ce gros paquet de violettes, tu sais bien ? Mais cela ne suffira peut-être pas.

— N'ai-je donc pas ma pièce de cinq francs que papa m'a donnée aussi, le mois passé, parce que j'avais été le plus sage de toute l'école ?

— Vrai ! tu l'as encore ?

— Certainement, et je la donne de bien bon cœur pour cela.

Les deux enfants, enchantés de leur projet, allèrent chercher leur petite bourse, prirent sans rien dire à personne la croix d'honneur du grand-papa, que leur maman renfermait précieusement dans un tiroir de son armoire, et coururent la porter chez M. Revel, orfévre à Clermont. Le matin de la fête, pendant que tout le monde se rendait à la pelouse, ils s'échappèrent furtivement du village pour retourner à Clermont, qui n'est qu'à une petite lieue de Royat.

Le dîner avait lieu à midi, ils voulaient être de retour au moins à onze heures. Ils n'avaient pas de temps à perdre, car le soleil était déjà bien haut. A peine partis, l'inquiétude commença à les gagner. Si la croix était perdue, s'ils allaient arriver trop tard, que deviendrait leur grand-papa en endossant son uniforme ?

Toutes ces réflexions leur venaient en foule ; c'est alors qu'ils sentirent l'imprudence qu'ils avaient commise ; mais le mal était fait, il fallait le réparer : aussi trottaient-ils, trottaient-ils aussi vite que leurs petites jambes pouvaient le leur permettre. Dix heures sonnaient quand ils arrivèrent chez M. Revel.

— Bonjour ! monsieur Revel.

— Bonjour, mes petits amis ; vous venez chercher votre croix d'honneur ?

— Oui, monsieur Revel, est-elle prête ?

— Certainement, mes petits amis, je vais vous la remettre.

— Oh ! quel bonheur ! s'écria Suzanne.

— Tenez, la voici, elle est toute neuve maintenant.

— Oh ! vois donc, Jacques, comme elle brille ! vois le beau ruban et comme elle fera bien ! ajouta-t-elle en la plaçant coquettement sur son corsage de velours. Puis elle serra la croix dans une boîte et la mit dans la poche de son jupon.

— Maintenant retournons bien vite chez nous, Jacques, car il se fait tard. Viens, Fox ! Merci ! monsieur Revel.

— Au revoir ! mes petits amis, au revoir !

Le soleil était dans toute sa force, aussi ils n'avaient pas encore atteint les premières maisons du village que les deux pauvres enfants, qui n'avaient fait que courir, n'en pouvaient plus de la chaleur.

— Oh! que j'ai soif! dit Jacques en s'arrêtant.

— Et moi j'étouffe, fit Suzanne.

En prononçant ces mots, la petite fille chancela; sa tête alla frapper contre une racine des gros arbres qui bordent la route.

— Suzanne! Suzanne! s'écria Jacques en voyant sa sœur pâle et sans mouvement.

Mais Suzanne ne l'entendait pas. Heureusement Jacques ne perdit pas la présence d'esprit : il y avait à deux pas de là une mare d'eau; il y trempe son mouchoir et le passe légèrement sur le visage de sa sœur; la fraîcheur la ranima.

— Ce n'est rien, dit-elle en ouvrant les yeux, la chaleur m'avait suffoquée; j'ai cru que j'allais mourir; mais je me sens mieux, ce ne sera rien.

Jacques l'aida à se relever, les forces lui revinrent peu à peu; au bout d'un instant elle put continuer sa route, mais un bien plus grand malheur les attendait à leur arrivée. Quand Suzanne voulut prendre la croix d'honneur dans sa poche, la boîte n'y était plus.

Cette découverte les atterra.

— Qu'allons-nous devenir? s'écrièrent-ils. Et notre grand-papa qui n'aura pas aujourd'hui sa croix d'honneur!

— Elle sera tombée de ma poche quand je me suis évanouie. Oh! mon Dieu! mon Dieu! c'est ma faute! disait Suzanne tout en pleurs.

— Non, c'est la mienne, je n'aurais pas dû t'exposer à l'ardeur du soleil : je suis plus fort que toi, moi; si j'étais allé seul à Clermont, ce malheur ne serait pas arrivé, Oh! mon Dieu! mon Dieu! comment faire à présent?

Ils se lamentaient, ils maudissaient leur étourderie, puis ils se mirent à genoux en appelant la sainte Vierge à leur secours. Enfin, accablés par le désespoir, tous deux appuyèrent leur front sur un banc de pierre qui était là, cachèrent dans leurs mains leur visage baigné de larmes. et restèrent ainsi immobiles, l'âme brisée par la douleur.

Depuis un moment Suzanne sentait comme la vapeur d'une tiède haleine qui inondait sa chevelure. Elle lève brusquement la tête et pousse un cri.

Figurez-vous un malheureux égaré sous des catacombes, prêt à mourir de faim, et qui aperçoit tout à coup le ciel parsemé d'étoiles : Suzanne éprouva la même joie en voyant son fidèle Fox haletant, couvert de poussière et de sueur, tenant dans sa gueule la bienheureuse boîte.

— Jacques! Jacques! s'écria-t-elle en se jetant dans les bras de son frère, nous sommes sauvés! nous sommes sauvés! Notre grand-papa aura sa croix! tiens, vois!

C'était à qui caresserait le bon animal, qui se laissait faire et leur léchait les mains.

—Attends, attends, Suzanne.

Jacques courut à la maison et revint bientôt avec une corbeille dans laquelle était encore leur déjeuner du matin, que, dans leur précipitation, ils avaient oublié de manger.

—C'est pour toi, mon bon Fox; tiens, tu l'as bien gagné.

—Attends donc, Jacques, vois comme il est essoufflé, disait Suzanne en approchant sa petite tête de celle du chien.

— C'est vrai, pauvre bête!

Mais Fox ne tarda pas à se remettre; la course lui avait donné de l'appétit, la corbeille fut bientôt vide.

—Maintenant, viens, Suzanne, allons la porter à notre grand-papa.

Quand les enfants entrèrent dans la chambre du vieux soldat, ils le trouvèrent occupé à faire sa plus brillante toilette; déjà il avait passé son pantalon garance, endossé son habit galonné de sergent, placé son tricorne sur ses cheveux blancs; pour que son costume fût au grand complet, tel qu'il le portait la veille d'une bataille, le jour d'une revue passée le lendemain d'une victoire par l'Empereur, il ne manquait plus qu'une seule chose, sa croix. Tout en frisant sa moustache blanche, le vieillard se dirige avec une certaine expression d'orgueil et de joie vers l'armoire où il pense qu'est renfermée cette relique sacrée. Il ouvre le tiroir où elle repose d'ordinaire; il tressaille, il n'en peut croire ses yeux : sa croix n'est pas là.

Il se retourne vers Jacques et Suzanne, qu'il surprend souriant, et va les interroger quand les deux enfants se précipitent dans ses bras et lui disent :

—Bon papa! soyez sans inquiétude; la voici, votre croix! tenez, prenez-la, la voici!

Le vieux soldat pleura d'attendrissement. La vue de sa vieille croix rajeunie, avec son beau ruban rouge, lui rappelait le jour où l'Empereur la lui plaça sur la poitrine en lui disant :

— Tiens, mon brave.

Le dîner fut plus gai que de coutume; tout le monde voulut embrasser les deux gentils enfants. Le vieillard les fit asseoir à ses côtés : — Merci, mes petits amis, leur dit-il, merci pour votre joli cadeau.

Pendant le repas, il baissait de temps en temps la tête, contemplait sa croix avec amour et murmurait tout bas : — Oh! qu'elle est belle!! Jacques et Suzanne n'auraient pas cédé leur

place pour toutes les mines du Pérou; ils jouissaient du bonheur de leur grand-papa. Jamais ils n'avaient été si heureux
Ce fut la récompense de leur bonne action.

Tonin CASTELLAN.

TABLE.

TABLE.

FIN DE LA TABLE.

Limoges. — Typ. F. F. Ardant frères

www.ingramcontent.com/pod-product-compliance
Lightning Source LLC
Chambersburg PA
CBHW070902030726
47504CB00005B/1423